BELLE ET SOMBRE

BIBLIOTHÈQUE HISPANIQUE

DU MÊME AUTEUR

CHEZ LE MÊME ÉDITEUR

Instructions pour sauver le monde, 2010

Le Roi transparent, 2008

La Fille du cannibale, 2006

La Folle du logis, 2004

Le Territoire des Barbares, 2002

Rosa MONTERO

BELLE ET SOMBRE

Traduit de l'espagnol
par Myriam Chirousse

Éditions Métailié
20, rue des Grands Augustins, 75006 Paris
www.editions-metailie.com
2011

Titre original : *Bella y oscura*

ISBN : 978-2-86424-771-5
ISSN : 1264-3238

Ce que je vais raconter, j'en ai été témoin : la trahison de la Naine, l'assassinat de Segundo, la venue de l'Étoile. Tout s'est passé à une époque reculée de mon enfance dont je ne sais plus maintenant si je m'en souviens ou si je l'invente : car en ce temps-là, pour moi, le ciel ne s'était pas encore détaché de la terre et tout était possible. L'univers venait d'être créé, comme avait pris soin de me l'expliquer doña Barbara : "Quand je suis née, m'avait-elle dit, le monde a commencé." Comme j'étais petite et elle déjà très vieille, cela m'avait semblé un temps très long.

Pour chercher un commencement à mon récit, je dirai que ma vie a débuté dans un voyage en train, la vie dont je me souviens et que je reconnais, et que, de ce qui la précède, je n'ai gardé qu'une poignée d'images décousues et troubles, comme estompées par la poussière du chemin, ou assombries peut-être par le dernier tunnel que la locomotive a traversé avant d'arriver à son arrêt final. De sorte que, pour ma mémoire, je suis née de l'obscurité de ce tunnel, fille du fracas et des cahotements, enfantée par les entrailles de la terre dans un froid après-midi d'avril et une gare énorme et désolée. Et nous entrions en soufflant et en grinçant dans cette gare, alors que les voies de garage se multipliaient de part et d'autre du wagon et se tordaient et bondissaient, se rapprochaient des fenêtres et s'en éloignaient à nouveau dans un brusque sursaut, comme les élastiques tendus de ce jeu de petites filles auquel j'avais probablement joué à cette époque ancienne dont je ne me souvenais plus ni ne voulais me souvenir.

Ils sont tous descendus du train avant moi, poussés par l'anxiété habituelle des voyageurs qui ont l'air de s'enfuir plus que de marcher. Je voyais leurs dos se perdre au bout du quai, les dos des manteaux et des imperméables, des femmes et des hommes qui s'étaient tant intéressés à moi pendant le trajet, qui m'avaient posé des questions, et offert du chocolat et des bonbons, et caressé les joues amicalement, et ces dos affairés s'éloignaient maintenant en traînant leurs valises et me laissaient seule, le train mort et silencieux derrière moi, sous une voûte de fers sombres et de vitres sales, sur un pavé gris qui exhalait une désagréable haleine glacée. Mes jambes, nues entre mes chaussettes blanches et ma jupe à volants, ont grelotté de froid.

Alors une ombre bleue s'est penchée sur ma tête et m'a enveloppée d'un parfum doux et collant.

– Bonjour... C'est toi, n'est-ce pas ?

Je n'ai pas su quoi répondre. Elle sentait la violette.

– Bien sûr que c'est toi, quelle question idiote... a aussitôt bredouillé cette femme. Je suis Amanda, tu te souviens de moi ? Non, bien sûr, comment vas-tu te souvenir, tu étais si petite quand ils t'ont emmenée... Je suis ta tante Amanda, la femme de ton oncle... Avant, il y a des années, on habitait ensemble. Avant qu'ils t'emmènent à l'orphelinat. Ta mère et moi étions très amies. Tu te souviens de ta mère ? Ah, j'ai l'impression que je ne devrais pas non plus te parler de ça... Tu vois si je suis bête, je suis un peu nerveuse... Bon, eh bien voilà...

Elle avait parlé d'une traite, sans respirer. Elle avait l'air effrayée. Elle a levé sa main à la hauteur de sa bouche et l'a laissée là quelques instants, molle et pendante, comme si elle avait voulu se ronger les ongles et s'était ressaisie à la dernière seconde. Elle était jeune, avec des yeux très ronds et des joues rebondies et pâles. Elle portait un long manteau bleu clair et un petit bonnet en tricot qui semblait fait maison. Elle m'a regardée, a souri, a remué ses pieds sur le sol, s'est raclé la gorge : c'était l'image même de l'indécision. Finalement, elle s'est penchée et a soulevé sans effort ma petite valise.

– C'est bien, elle n'est pas lourde... Je m'en réjouis parce que nous allons devoir marcher un peu. Bon, il vaudrait mieux y aller, pas vrai ?

Elle m'a saisie par la main de la même façon qu'elle avait pris la valise : en serrant fort, comme si j'allais lui glisser entre les doigts. Nous avons longé le quai, franchi des portes automatiques et plongé dans le hall central et dans un tumulte barbare de haut-parleurs et de cris. Amanda a avancé entre les tourbillons de gens, la tête baissée et en me serrant la main à m'en faire mal. De nouvelles portes automatiques se sont ouvertes devant nous dans un mugissement doux et nous nous sommes retrouvées dans la rue. La ville s'étendait autour de nous, aveuglante comme un incendie. Des tours en verre, des vitrines lumineuses et surchargées, d'hypnotiques publicités en couleur. Là-haut, un petit bout de ciel rose et un scintillement de vitres enflammées par le soleil du soir.

– Toutes ces lumières… me suis-je exclamée, admirative.

– Elle est jolie, n'est-ce pas ? a répondu Amanda dans un soupir. Par ici la ville est très jolie. Évidemment que moi non plus je ne la connais pas beaucoup. Je suis arrivée hier, et je crois qu'*ils* arriveront demain. Mais allons-nous-en avant qu'il ne fasse nuit.

Je ne savais pas qui *ils* étaient, mais je n'ai pas non plus osé poser la question. Les petites filles ne posent pas de questions, et encore moins quand elles viennent d'où je venais. Nous nous sommes donc mises à marcher, Amanda d'un bon pas, et la valise et moi pendues à chacune de ses mains. C'était la première fois que je voyais une ville si remplie, si étourdissante, si couverte de brillants. Elle n'avait pas l'air réelle : c'était une fête foraine, une ivresse en or. Les trottoirs étaient ornés de corbeilles en pierre remplies de fleurs naturelles, et les vitrines des magasins se succédaient les unes aux autres, pleines de trésors indicibles et débordantes de lumières. Et puis il y avait les gens, tous ces hommes et toutes ces femmes qui allaient et venaient avec des paquets rutilants dans leurs mains, des sourires rutilants, des habits rutilants, tout entier rutilants du haut de leur crâne jusqu'à la pointe de leurs chaussures fines, comme s'ils étaient neufs, des personnes à étrenner, sans rien d'usé. Tous ces gens, tous, bien que très nombreux, vivaient dans cette ville merveilleuse et avaient certainement des maisons lumineuses et neuves, et étaient heureux. Et j'ai alors commencé à penser que peut-être nous aussi nous avions une jolie maison où aller, et que nous étions sans doute sur le point d'arriver, car le ciel s'éteignait peu à peu et la nuit tombait de plus en plus, et les petites filles, je le savais, ne pouvaient pas être dans les rues la nuit. Si bien qu'à chaque coin de rue où nous tournions je me disais : ça sera ici. Mais ça ne l'était jamais et nous continuions de marcher.

Et nous avons tellement marché que les vitrines ont commencé à se faire rares et les corbeilles en pierre avec les fleurs ont disparu. Il n'y avait plus autant de lumières qu'avant et l'air prenait la couleur bleuâtre de ma jupe plissée. Baba, me suis-je dit, Baba, fais que nous arrivions bientôt. Je commençais à me sentir très fatiguée. Les maisons étaient toutes identiques et jolies, avec des moulures blanches qui ressemblaient à des meringues. Et il y avait beaucoup d'arbres, et à chaque arbre un chien qui reniflait, et à côté de chaque chien un homme ou une femme, un garçon ou une fille. La ville, par ici, n'était plus une fête foraine, mais un endroit propre et tranquille, des rues charmantes dans lesquelles il semblait facile d'être heureux. Tout le monde s'apprêtait à dîner, la ville entière dépliait bruyamment ses serviettes, pendant que la ligne d'obscurité définitive, la nuit secrète, adulte et inhabitable, approchait déjà. Amanda pressait le pas et je la suivais. Et les chiens, les arbres, les fenêtres aux voilages crémeux et à la lumière chaude restaient peu à peu derrière nous.

Nous avons longé des parcs très noirs qui avaient déjà été dévorés par les ténèbres, traversé des rues qui ressemblaient à des routes, laissé dans notre dos les voies du tramway. À quel moment les gens avaient-ils disparu ? J'ai regardé en arrière et en avant, et je n'ai pu voir personne. Il n'y avait pas un seul commerce et les portes d'entrée étaient toutes fermées. J'ai trébuché : le sol n'était plus régulier et il y avait des nids-de-poule, des dalles effritées, des trous. Une station-service est apparue sur le trottoir d'en face, éclairée mais vide. Le vent faisait grincer une pancarte en tôle pour des huiles. J'ai jeté un coup d'œil à Amanda : sous la lumière froide du néon, elle avait l'air pâle et étrange, avec la bouche serrée et le regard fixe. Nous avons laissé la station-service derrière nous et à chaque pas les ombres s'épaississaient. À présent il faisait vraiment nuit, et les voitures ne circulaient même plus dans la rue.

Elles étaient abandonnées. Les maisons devant lesquelles nous passions maintenant étaient abandonnées et en ruine. Des fenêtres aveugles aux vitres fendues. Des portes obstruées de cartons. Des murs écaillés. Des entrepôts noirs aux toitures brisées. L'air sentait l'urine et laissait comme un goût de fer sur les lèvres. Quelqu'un est apparu à l'angle d'une rue. Une ombre grise appuyée contre le mur. La main d'Amanda a serré la mienne et nous avons marché un peu plus vite. L'ombre nous a souri quand nous sommes passées à côté d'elle : Amanda n'a pas regardé, mais moi oui. C'était une femme très grande qui avait l'air d'un homme. Ou peut-être que c'était un homme et qu'il avait l'air d'une femme. Un pantalon, une gabardine et des épaules aussi larges qu'un boxeur. Mais des cheveux d'un blond criard pleins de boucles, un visage très maquillé et une bouche mesquine de la couleur du sang. J'ai regardé en arrière : là-bas au fond, très loin, la station-service semblait flotter, comme un fantôme, dans la lueur verdâtre du néon.

Nous avons changé de trottoir et tourné à l'angle suivant : l'écho de nos pas était assourdissant dans le silence. Il s'est mis à pleuvioter. La rue était un tunnel obscur. À côté des quelques faibles lampadaires, les ombres s'agitaient. La nuit s'étendait sur le monde comme une toile d'araignée démesurée : dans un coin, l'araignée devait guetter, avec ses pattes velues, affamée et en train de nous attendre. Nous marchions de plus en plus vite. Amanda avançait tête baissée, comme prête à charger. Moi, je piquais de petites courses et je haletais, et ma poitrine était lourde, et l'air humide et froid entrait comme une douleur dans mes poumons, et un long clou se plantait dans l'un de mes côtés. Les lampadaires faisaient briller de temps à autre le sol mouillé : c'était un reflet sombre, comme si les ténèbres, épaisses et grasses, étaient en train de fondre sur l'asphalte.

Subitement, un homme est apparu devant nous, sorti du néant et de l'obscurité. Et il s'est approché avec ses grosses mains ouvertes et ses bras tendus, comme les monstres des mauvais rêves. J'ai serré mes paupières et j'ai pensé : Baba, fais qu'il s'en aille, qu'il disparaisse, Baba, ma petite Baba, fais qu'il ne m'arrive rien… Mais j'ai regardé à nouveau et il était encore là. Vêtu de loques, la barbe drue, les yeux aqueux, comme s'il pleurait. Mais il souriait. Amanda a tiré mon bras, a changé de direction, nous l'avons proprement esquivé comme les poissons s'esquivent les uns les autres au dernier moment dans l'étroitesse de leur bocal. Et l'homme est resté là derrière à bredouiller des mots que je n'ai pas pu comprendre, alors que nous marchions vite, très vite, sans courir, car courir, ç'aurait été se rendre au danger : nous marchions juste le plus vite que nous le pouvions, le cœur entre les dents et poursuivies par le martèlement creux de nos pas.

Nous avons tourné dans une nouvelle rue et il y avait des lumières. Mais ce n'étaient pas des lumières comme celles d'avant, comme le scintillement de la ville centrale et belle : c'étaient des poignées d'ampoules nues, regroupées çà et là sur certaines portes. De près, elles vous aveuglaient et vous éblouissaient, mais dès que vous vous éloigniez de quelques pas les ténèbres vous rattrapaient : elles semblaient mises pour étourdir, pas pour éclairer. Nous avons remonté la rue et on nous disait des choses. Des hommes étranges qui étaient sous les ampoules et qui nous invitaient à entrer.

Et de ces portes entrouvertes sortaient de la fumée et une lueur rougeâtre, une haleine infernale. Les talons d'Amanda cliquetaient sur les dalles humides, mon cœur tambourinait dans ma poitrine : nous montions encore et encore, en regardant vers l'avant, comme si ces hommes n'existaient pas, et ils criaient, murmuraient, riaient, tendaient vers nous leurs griffes démoniaques. La rue était de plus en plus en pente et mes jambes étaient lourdes comme des pierres. C'était un vertige de lumières et d'ombres, et la chaleur des ampoules séchait mes larmes.

Tout à coup, alors que je m'y attendais le moins, nous sommes entrées par une porte et nous avons monté un étroit escalier en bois. En haut, il y avait un comptoir et une vieille dame très maquillée.

– La deux, a dit Amanda d'une voix rauque et hors d'haleine.

Quelques mèches s'étaient échappées de son bonnet en tricot et étaient collées sur son visage suffoqué, je ne sais si à cause de la pluie ou de la sueur. Elle n'avait pas bonne mine, mais la vieille femme peinturlurée nous a regardées sans aucun intérêt et lui a tendu la clef d'un air las. Amanda m'a tirée dans le couloir. Elle s'est arrêtée à côté d'une porte, a laissé ma valise par terre, a ouvert, nous sommes entrées, elle a refermé, mis les deux verrous et s'est appuyée contre le battant dans un profond soupir. Elle tremblait.

Elle a lâché ma main et je me suis alors rendu compte qu'elle était mouillée et très chaude. Je me la suis discrètement séchée sur ma jupe tout en regardant la chambre. C'était une petite pièce avec deux grands lits qui ne laissaient pas beaucoup de place. Les murs étaient tapissés de fleurs brunes et il y avait par terre un tapis assez sale de couleur orangée avec de longs poils. Derrière la porte, un petit lavabo qui paraissait neuf. À côté, une commode délabrée avec des trous ronds là où il aurait dû y avoir des poignées. Soudain, quelque chose a rugi et a éclaté dans l'air au-dessus de nos têtes, et la vitre de la fenêtre a tinté.

– Ne t'inquiète pas, c'est un avion. Nous sommes à côté de l'aéroport, a expliqué Amanda.

Nous sommes restées en silence pendant que nous écoutions, de plus en plus lointain, le grondement du ciel.

– Maintenant que j'y pense, est-ce que tu as faim ? Voilà du fromage et un peu de pain, et ensuite, regarde ce que j'ai là : du chocolat ! a dit Amanda avec un enthousiasme qui sonnait faux tout en sortant une tablette de son sac.

J'ai pris le chocolat, surtout parce qu'elle voulait que je le prenne. Amanda a souri avec satisfaction. Elle a enlevé son bonnet en tricot et ensuite son manteau. Elle portait un pantalon noir et un pull-over bleu et elle était très mince. Avec son visage rond et ses joues molles, elle semblait promettre un corps plus rempli, mais elle était très fragile, osseuse, rectiligne, avec des épaules étroites, des poignets très fins. Elle a séché ses cheveux humides dans la doublure de son manteau puis elle s'est laissée tomber sur le lit en soupirant :

– Je suis épuisée…

J'aurais voulu lui demander ce que nous faisions là, qui nous attendions, comment allait être ma vie. Mais, au lieu de le faire, je me suis approchée de la fenêtre et j'ai écarté le voilage.

– Je ne sais pas, je suis désolée, je croyais que nous mettrions moins de temps pour venir, je me suis perdue, j'ai pris peur… Moi non plus je ne connais pas la ville, a-t-elle murmuré.

Je n'ai pas ouvert la bouche. Amanda s'est assise sur le lit et m'a regardée très fixement :

– Tu sais, tous les voyages finissent par se transformer tôt ou tard en cauchemar… a-t-elle dit lentement.

J'ai regardé par la fenêtre. La rue était sombre, l'asphalte mouillé. Et, au fond, les ampoules, les hommes, l'énormité du monde.

J'ai appris en quelques jours les règles du Quartier. À la lumière du jour, le Quartier avait des enfants, et des vieillards vêtus de noir qui marchaient en traînant les pieds, et de petits commerces bourrés de boîtes de conserve et de barils de lessive, et des bars du coin avec des tables en formica et des chats boiteux. Et les avions vrombissaient par-dessus comme des bourdons au mois d'août : ils apparaissaient et disparaissaient au milieu des nuages, argentés, reluisants, ventrus, plantant leur nez dans les cieux ou se laissant tomber sur la terre, presque sur nous, si proches parfois qu'on voyait leur train d'atterrissage et c'était une grande ombre tonnante qui courait au-dessus des rues.

Mais lorsque la nuit venait, les ampoules s'allumaient et ces portes mystérieuses qui étaient restées closes tout le jour s'ouvraient, et le Quartier était beaucoup plus grand, un vertigineux labyrinthe d'ombres et de coins de rue. La nuit, m'a-t-on dit, il valait mieux ne pas se promener seule. Et encore moins dans les Petites Maisons, qui se trouvaient à la lisière, là où tout finissait. Il y avait aussi une rue qui m'était interdite : je l'appelais la rue Violette, parce que, la nuit, il sortait de ses fenêtres une étrange lueur sépulcrale et violacée. J'ai entrevu cet éclat un soir depuis un angle. Amanda, qui marchait derrière moi, m'a attrapée par la main et m'a dit : "Ne regarde pas." Mais, depuis l'angle, il n'y avait rien à voir : juste la rue en pente et cette lumière maladive.

Il y avait dans le Quartier une partie asphaltée qui s'achevait à la Place Haute, qui était une vaste esplanade avec quelques bars autour. Plus loin, les rues étaient de simples chemins, avec des maisonnettes basses, de l'herbe et de la terre, comme un village. Et encore après, tout au bout, il y avait les terrains vagues et les Petites Maisons.

– Ça y est, je sais tout, m'a dit Chico un jour. Notre zone à nous va jusqu'à la Place Haute. Aller plus loin, c'est dangereux.

Chico possédait des connaissances très utiles sur les règles de l'endroit, même s'il était beaucoup plus jeune que moi, à peine un petit, et lui aussi un nouvel arrivant dans la ville. Mais il venait d'un autre Quartier et tous les Quartiers, me disait-il, étaient pareils.

Nous étions assis sur le bord du trottoir, en face de la pension, et il tenait ses jambes entre ses bras et appuyait son visage sur ses genoux pointus. Chico était le fils d'Amanda et il était comme elle, mais plus : encore plus fragile, encore plus pâle, encore plus disproportionné entre le volume de son visage et de son corps. Il était tout entier d'une couleur jaunâtre, même ses cheveux, et seules ses oreilles, grandes et décollées, présentaient un délicat dessin translucide et un ton rosé. Ces oreilles étaient la seule chose vraiment vivante qu'il y avait dans sa figure : on aurait dit les ailes frémissantes d'un papillon sur le point de s'envoler.

– Et deux choses très importantes : une, ne raconte jamais rien aux étrangers, et l'autre, si tu entends du bruit la nuit ne sors pas de ton lit… continuait d'expliquer Chico en berçant ses jambes sur le bord du trottoir.

Il avait l'air heureux, parce qu'il en savait plus que moi. C'était peu de temps après notre arrivée dans le Quartier. *Ils* étaient venus avec Chico un jour après nous, comme Amanda l'avait annoncé. Et *ils* étaient deux : doña Barbara et Segundo. Amanda tremblait quand nous les avons rencontrés, si bien que j'ai appris à les craindre avant de les connaître.

Cela s'est passé comme ça : nous étions encore en train de dormir, Amanda et moi, quand quelqu'un a martelé la porte de notre chambre. Amanda s'est levée dans un bond et s'est jeté son manteau bleu dessus, affolée : ses mains tremblaient et le manteau a glissé deux fois de ses épaules avant qu'elle ne parvienne à agrafer le bouton de son col. Elle a tiré les verrous avec maladresse, en mettant beaucoup plus de temps que nécessaire, pendant que les coups redoublaient contre le bois. Moi, encore à moitié endormie, j'ai pensé, je ne sais pourquoi, qu'il y avait de l'autre côté de la porte un animal grand et sauvage, et que s'il réussissait à pénétrer dans la chambre il nous écraserait. Mais Amanda en avait fini avec les verrous : elle ouvrait maintenant la porte et se mettait sur le côté. Et moi, seule et nue dans ce lit immense.

Il est entré dans la chambre comme un vent froid. L'air a éclaté autour : je ne sais si c'était un avion ou sa simple présence. La pièce était encore dans la pénombre, le couloir fortement éclairé. Au début, la seule chose que j'ai vue a été une silhouette formidable et sombre qui se découpait sur un fond de feu, et une main qui empoignait un bâton, et le tonnerre dans les hauteurs. J'ai recouvert mon visage avec le drap. Je crois que j'ai crié, je n'en suis pas sûre. J'ai senti, dans un instant de terreur infinie, que quelqu'un me saisissait par une épaule et me tirait de dessous ma couverture. J'ai deviné devant moi, à contre-jour, un nez crochu, des yeux brillants, un collier de perles froides qui bruissait sur de la dentelle.

– Ça suffit comme ça avec ces âneries, a dit une bouche dure qui semblait faite pour donner des ordres. Ici, tous ces trucs ne te serviront pas.

Cependant il y avait quelque chose dans son ton qui m'a un peu calmée : un pouvoir si absolu qu'il n'avait pas besoin de me faire du mal. La femme m'a scrutée en silence pendant quelques instants et ce qu'elle voyait a eu l'air de la satisfaire. Elle a placidement fermé les yeux à moitié et son regard s'est retrouvé enterré dans un puits de rides. Elle a caressé ses perles : elles ont fait un bruit de mer, d'eau sur des galets.

– Je suis doña Barbara. Tu ne te souviens certainement pas de moi. Je suis ta grand-mère. Dorénavant tu es sous ma responsabilité et tu devras faire tout ce que je te dis. Tu as compris ? C'est moi qui commande ici.

Elle semblait attendre quelque chose, de sorte que je me suis hâtée d'acquiescer de la tête. Elle m'a de nouveau regardée avec attention et quelque chose en moi lui a de nouveau plu. Cela a été un soulagement. Elle a soulevé mon menton avec sa main, fermé davantage les yeux, fait claquer sa langue.

– Tu ressembles de plus en plus à ton père, a-t-elle dit.

Et elle a fait demi-tour et elle est sortie de la chambre.

Ce jour-là, lors de notre première rencontre, je n'ai même pas remarqué la présence de Segundo. Parce que en ce temps-là, avant qu'il n'ait sa cicatrice, Segundo était à peine visible quand il se trouvait à côté de doña Barbara. Mais j'ai vu Chico, qui s'est glissé dans la pièce après que la vieille femme fut partie et s'est serré contre sa mère en riant et en papotant joyeusement. J'ai été étonnée qu'Amanda ait un fils, parce qu'elle ne me l'avait pas dit, et je crois que j'ai été étonnée aussi qu'elle s'en soit séparée, qu'elle ne l'ait pas eu avec elle la nuit d'avant. Mais la raison de cette séparation ne me serait connue que bien plus tard : c'est l'une des nombreuses choses que Chico n'a pas su m'expliquer ce matin-là, lorsque nous étions assis sur le bord du trottoir, alors qu'il tenait ses jambes maigrichonnes entre ses bras et m'enseignait les règles du Quartier. Qui, du reste, étaient simples : elles consistaient surtout à savoir la place qu'on occupait et à agir en conséquence.

Amanda m'a aussitôt informée, dès l'apparition de Segundo et de doña Barbara, qu'il fallait encore que la Naine arrive et que c'était pour ça que ma grand-mère avait l'air vaguement inquiète. Grand-mère avait un grand calendrier sur le mur, avec le dessin un peu maniéré d'une mer bleu foncé et d'un chemin ensoleillé peint sur les eaux, et elle barrait la date, tous les matins, d'un trait impatient et au gros crayon rouge.

J'ai demandé à Amanda qui était la Naine et elle n'a pas su ou peut-être pas voulu me répondre.

– C'est une personne très bizarre, et très intelligente, s'est-elle limitée à dire.

Et quand j'insistais, elle me répétait la même chose :

– Tu verras. Tu la rencontreras. Une femme très bizarre.

Jusqu'à l'une de ces premières nuits où, alors que nous nous trouvions seuls dans notre chambre (Chico et moi dormions ensemble dans une chambre double), le garçon s'est approché sur la pointe des pieds et m'a proposé un marché :

– Tu fais mon lit pendant un mois et je te montre une chose de la Naine.

– Quoi ?

– Des feuilles écrites. Une chose très bien. C'est une affaire.

– D'accord.

Chico a sorti quelques papiers de sous son matelas. Plus tard, en faisant son lit pendant toutes ces semaines, j'ai pu constater qu'il gardait sous son matelas un tas d'objets variés : ses petites voitures en métal les plus précieuses, une pochette bleue à élastiques pleine de papiers, deux ou trois boucles de ceinture, une broche de femme cassée, une poignée de boutons brillants. Mais, cette nuit-là, il a juste sorti quelques feuilles jaunâtres de l'intérieur de la pochette et me les a tendues dans un geste grandiose. C'était une lettre, une vieille lettre écrite apparemment par la Naine à un destinataire inconnu.

– Lis-la à haute voix, a dit Chico.

Parce qu'il ne savait pas encore lire et voulait savoir. De sorte que nous nous sommes assis par terre et nous avons posé la lampe sur le tapis, entre nous, pour que sa lueur ne puisse pas être vue depuis le couloir. Et j'ai lu à voix basse cette lettre, qui a été en réalité la première histoire que j'ai sue d'Airelai, et qui disait ceci :

"Mon bien-aimé,

"Tu me manques tellement que je vis avec une demi-imagination, avec un demi-cœur, avec la moitié de mes idées et de mes sentiments, comme l'ivrogne sur le point de perdre conscience, à mi-chemin entre la veille et l'évanouissement, ou comme le mourant qui a un pied en ce monde et l'autre déjà posé dans le néant noir. Je veux dire que sans toi je suis une demi-personne, une authentique miette, un bout de chair et de nerfs à vif regrettant l'être qui me complète. C'est pourquoi je t'écris, tout en sachant que tu ne vas jamais pouvoir lire ces lignes. Les mots créent des mondes et sont capables de me créer maintenant, pendant que je t'écris, l'illusion consolatrice de ta présence.

"Un jour j'ai connu un homme, je ne sais pas si tu le sais, qui fut mon maître dans l'art de la parole. Cela s'est passé il y a longtemps, alors que j'étais très jeune, dans un coin reculé de l'Adriatique, à la frontière de ce qui est aujourd'hui l'Albanie. Une époque et un lieu plus favorables au mystère, à la crédulité et à la magie, et pas comme ici et maintenant. Mon maître était ce qu'on appellerait aujourd'hui un bonimenteur de foire, mais en ce temps-là il amusait et instruisait les gens, et on lui faisait confiance. Moi, je lui servais d'appât : nous arrivions sur les places de marché et je faisais quelques cabrioles et j'exécutais deux ou trois sauts périlleux, car dans ma jeunesse j'étais bonne acrobate. Ce spectacle attirait les curieux et, une fois un bon cercle de spectateurs réuni, mon maître commençait avec son art. C'était un très bon narrateur : dès qu'il ouvrait la bouche tout le monde se trouvait pris par ses paroles. Il racontait des histoires douces de jeunes filles amoureuses et des histoires cruelles de chevaliers ambitieux : des récits très anciens que des hommes et des femmes comme lui avaient répétés de siècle en siècle, ou des contes qu'il inventait en cours de route. À la fin, après les histoires, il vendait quelque chose. Des râpures de craie mêlées à du sable, dont il disait que c'était de la poudre de lune qui, répandue sur le seuil de la maison, servait à empêcher le malheur d'entrer. Ou de jolies plumes colorées qui appartenaient à l'oiseau phénix et qu'il fallait placer la nuit sous son oreiller pour éviter les mauvais rêves. Quand s'est produit ce que je vais maintenant te raconter, il vendait des bagues. Nous en avions beaucoup. Un vieil artisan les lui avait faites, à très bon prix, dans une ville lointaine. C'étaient des anneaux en bronze, avec une pierre enchâssée, noire et mate. Ils n'étaient ni beaux ni bons, mais les gens les payaient comme s'ils l'étaient car ils croyaient qu'il s'agissait d'une pierre magique.

"Connais-tu l'ancienne légende de Charlemagne et de l'anneau enchanté ? C'était l'histoire que leur racontait mon maître avant de leur vendre les bagues. Charlemagne, déjà très vieux, tomba éperdument amoureux d'une jeune paysanne avec laquelle il se maria et dont il fit sa reine. Le vieil empereur l'aimait tant et était si ébloui qu'il se mit à négliger ses responsabilités officielles, entachant de la sorte une vie de dignité et de respect. Alors la jeune fille mourut subitement. Charlemagne ordonna qu'on la mette dans une salle pavoisée et s'enferma avec le cadavre jour et nuit. Le royaume était à l'abandon, les sujets stupéfaits. Alarmé par cet excès, et soupçonnant un maléfice, l'archevêque Turpin entra dans la salle mortuaire et fouilla discrètement le cadavre. Et, en effet, il découvrit et sortit un anneau magique qui se trouvait sous la langue de la jeune fille. Charlemagne perdit sur-le-champ tout intérêt pour la défunte, mais tomba follement amoureux de l'archevêque. Troublé et scandalisé par la passion de l'empereur, l'archevêque jeta l'anneau au fond du lac de Constance. Et le vieil empereur passa le reste de ses jours assis sur ses versants humides, à contempler le lac. C'est une histoire triste, comme tu peux le voir. Dans ce lac allumé par les rayons mourants du soleil couchant se trouve le portrait des désirs, qu'on n'atteint jamais. Mon maître racontait très bien cette légende : j'ai pleuré certains soirs en l'écoutant. Et pourtant je ne t'avais pas encore rencontré, toi qui es mon lac.

"Après avoir parlé de Charlemagne, mon maître sortait ses anneaux. C'était un homme très intelligent et il savait qu'une bague trop puissante inspirerait l'effroi. Il ne disait pas, par conséquent, que ses anneaux étaient comme celui du pauvre empereur, un aimant des cœurs et des espérances. Il expliquait que la bague de Charlemagne et celles qu'il vendait possédaient la même pierre, qui était une roche fendue par la foudre lors d'une nuit sans lune, et que cette matière rayonnait de pouvoir et détenait l'énergie des éclairs. Les enchanteurs utilisaient ces pierres vivantes pour confectionner des anneaux magiques qui servaient pour un prodige ou pour un autre, en fonction de l'incantation avec laquelle ils avaient été consacrés. Les bagues de mon maître possédaient la qualité de la droiture, et lorsqu'elles sentaient un être malveillant à proximité, avec des intentions perverses ou les mains tachées de sang, la pierre noire de l'anneau se mettait à transpirer. Il en vendit beaucoup. Tout le monde voulait savoir à qui il avait affaire.

"Nous étions un soir dans une petite ville de province quand on vint nous tirer de la pension où nous dormions. C'était la police et ils furent très brusques. Nous apprîmes, au commissariat, qu'une vieille femme avait été égorgée non loin de là où nous habitions et qu'on lui avait dérobé un bon collier en malachite et en or. Un voisin de la morte avait vu sortir le voleur et assurait qu'il s'agissait de mon maître, qu'il avait vu quelques jours plus tôt sur le marché. Il n'y avait pas d'autres preuves que ce témoignage : le collier ne reparut jamais, ni le couteau du crime, ni une goutte de sang sur les vêtements de l'accusé. Mais le voisin avait acheté l'une des bagues, et lorsqu'il alla au commissariat pour l'identification et que mon maître s'approcha, la pierre de l'anneau se mit à transpirer et se perla tout entière d'eau transparente. Le juge n'admit pas officiellement ce prodige comme preuve, mais tout le monde était convaincu que la pierre avait signalé l'assassin. Cela influa certainement sur sa condamnation à mort, si bien qu'on peut dire que mon maître fut perdu par sa propre éloquence. Je lui rendis visite la dernière nuit et on me remit ensuite ses affaires, car il n'avait ni proches ni famille. On me dit qu'il avait passé ses dernières heures à lire sereinement un livre et que, lorsqu'on était venu le chercher pour monter à l'échafaud, il avait laissé une marque entre les pages pour indiquer l'endroit où il en était. J'ai reçu ensuite ce livre : c'était une édition française des *Mille et une nuits* et il y avait, en effet, une page cornée entre deux contes. Je conserve encore ce volume, et la marque. Pour un narrateur comme lui, plier cette page avec tant de fermeté face au néant fut une digne façon de mourir et un geste très élégant. C'est ce que je voudrais : mourir de ma propre mort, savoir en finir avec une certaine grandeur. Puisque nous venons en ce monde comme des animaux, ensanglantés et aveugles, inutiles et irrationnels, sortons de cette vie comme des êtres humains. Avec des morts notoires et symboliques, dignes de la fin d'un roman : comme les héros que nous sommes de la narration de nos vies. Car ce qui nous différencie des créatures inférieures, c'est que nous sommes capables de nous raconter, et même de nous inventer, notre propre existence. Depuis l'autre côté des mots, enfin, sans bague, sans lac et sans patience, désespérée par ton absence, t'écrit pour se souvenir de toi ton

AIRELAI."

Un jour, Segundo est allé parler avec la bonne femme du comptoir, celle qui donnait les clefs. Je l'ai vu s'accouder sur le bois défraîchi, pendant qu'elle le regardait d'un air méfiant et hargneux. Segundo a dit quelque chose, je n'ai pas entendu quoi, et la vieille a fait non de la tête. Il a alors placé sur la table une liasse de billets et puis une autre. La bonne femme s'est empressée de les prendre. Elle a fait bouffer ses boucles jaunâtres et desséchées entre ses doigts, elle est sortie de son cagibi, a souri puis est partie. C'est comme ça que nous nous sommes retrouvés avec toute la pension. Nous devions être riches.

Doña Barbara vivait dans deux grandes chambres qui communiquaient par une voûte. C'était autrefois une école de danse et ces pièces conservaient encore, sur l'un des murs, une barre en bois et un miroir fêlé. Puis il y avait la chambre des chats, celle du canapé, que Segundo utilisait comme salon, et deux autres encore, fermées à double tour. Chico et moi sommes restés dans la chambre où j'avais passé la première nuit, celle au tapis orangé et crasseux. Et en face, juste à côté de la pièce du canapé, dans une grande chambre délabrée, dormaient Segundo et Amanda, les parents de Chico. On les entendait parfois crier et on écoutait ensuite des pleurs entrecoupés. Et dans ces moments-là Chico se mettait dans son lit et serrait ses poings et ses paupières. Et il disait : "Je dors. Je dors profondément." Même quand cela se produisait en plein jour, avec le soleil qui entrait à flots par la fenêtre avec son haleine de poussières incandescentes.

Mais Chico n'était pas le seul à se mettre au lit. Doña Barbara aussi passait presque tout son temps allongée dans l'énorme couche en bois noir qu'elle avait fait installer dans ses chambres. Elle disait que de cette façon elle ne s'usait pas et qu'elle vivrait par conséquent pour toujours. Un jour, je lui ai demandé quel âge elle avait et elle m'a répondu qu'elle les avait tous :

– Quand je suis née, le monde a commencé.

J'en ai déduit qu'elle avait connu le Déluge universel, l'Arche de Noé et les Rois mages. Cette nouvelle m'a émerveillée mais à dire vrai ne m'a pas surprise. Doña Barbara était si sage, si forte, si grande : il n'était pas étonnant qu'elle ait tout vu. C'était une femme immense et très robuste. Les os de sa figure, forts et proéminents, semblaient mal assemblés les uns avec les autres, si bien que le côté droit de son visage était très différent du gauche, bien qu'ils soient aussi affreux l'un que l'autre. Son nez était long et crochu. Ses yeux, petits et dorés, extrêmement intenses. Elle aurait eu un visage de rapace si elle n'avait eu cette grande mâchoire asymétrique.

Elle était toujours vêtue de façon imposante, même lorsqu'elle restait couchée, et elle s'asseyait sur son lit de la même manière qu'une reine sur son trône capitonné : elle n'était pas adossée, mais exposée. Ses robes froufroutaient au moindre mouvement, de lourds costumes en taffetas et en soie, en velours et en brocart, vert sombre, bleu du fond des mers, rouge comme le sang séché. Ses cheveux, très blancs, étaient serrés dans un chignon parfait. Autour de son lit, sur les tables de nuit, sautillaient les flammes de petites lampes à huile et s'enroulait la fumée étouffante des bâtonnets d'encens. Elle avait l'air d'une déesse dans sa chapelle, et c'est pour ça que, la seule fois où je suis entrée dans la vieille église du Quartier, j'ai cru que le retable du maître-autel, brillant de vieil or dans la pénombre, avec ses bougies parfumées qui gouttaient, ses œillets et sa Vierge au milieu, n'était qu'un hommage à doña Barbara, un souvenir de son pouvoir et de sa gloire.

Cette femme colossale m'envoyait chercher de temps à autre. Elle me faisait entrer dans sa chambre et je m'y présentais en claquant des dents. Elle m'ordonnait alors de m'asseoir au pied du lit et m'offrait de délicieux petits gâteaux

aux pignons. Et nous parlions un peu, ou, pour être exacte, c'était elle qui parlait. Parfois elle me racontait des choses que je ne comprenais pas. Et parfois elle me posait des questions absurdes : "Tu vas bien ?" "Oui, madame." "Tu as besoin de quelque chose ?" "Non, madame." Mais d'autres fois elle restait si tranquille et silencieuse qu'elle paraissait endormie, et je n'osais même pas ronger les pignons pour ne pas faire de bruit.

Ensuite, le soir, Chico me demandait de lui raconter ce que grand-mère m'avait dit. Parce que, lui, doña Barbara ne le faisait jamais entrer : elle semblait l'ignorer presque complètement. Chico trouvait ça normal, car personne ne s'intéressait beaucoup à lui. Mais un peu plus tard la Naine nous dirait que ce n'était pas de la faute de Chico, mais de son père. Que c'était son père, Segundo, que doña Barbara voulait mortifier en ne recevant pas le garçon. Cette explication a beaucoup plu à Chico et il demandait souvent, avec un visage innocent, pourquoi grand-mère ne l'appelait jamais.

– Parce que doña Barbara ne supporte pas son fils, je veux dire : ce fils-*là*, et ne l'a jamais supporté. Voilà le problème. Et toi, tu as la malchance que Segundo soit ton père, répétait patiemment la Naine pour la millième fois.

– Ah… disait toujours Chico, ravi.

Quand *ils* étaient arrivés, Amanda m'avait dit que Segundo était magicien. Et qu'il faisait apparaître et disparaître des objets et découpait une personne en sept morceaux. Mais je ne le voyais jamais travailler, et je ne lui connaissais pas de qualités magiques, et il n'avait pas non plus les coffres multicolores ni les beaux habits que j'avais vus aux magiciens de la télévision. Et pour ce qui est de découper quelqu'un en sept morceaux, ça je l'en croyais tout à fait capable, mais je doutais fort qu'ensuite il aurait pu réparer les dégâts. La seule chose que Segundo semblait faire, c'était passer la moitié de son temps dans les bars du Quartier, et l'autre moitié à somnoler dans sa chambre. Il dormait le jour, et à la tombée de la nuit il entrait dans la salle de bain et il y restait très longtemps. À la fin, il en ressortait fraîchement rasé, la veste impeccable, la chemise très propre, en tirant sur ses poignets et en se regardant de biais dans le miroir du lavabo lorsqu'il passait la porte.

Des gens bizarres nous rendaient parfois visite. Le soir, et même la nuit. Chico et moi avons été réveillés plus d'une fois par un tumulte de voix et de pas. Dans ces moments-là, Chico me disait toujours : "Ne te lève pas." Et il bouchait ses grandes oreilles avec le coussin. Mais une nuit où ils riaient beaucoup, je suis sortie de mon lit sur la pointe des pieds et j'ai entrouvert la porte. Je les ai vus discuter tout au fond, debout dans le couloir : soit ils arrivaient, soit ils partaient. Deux hommes en veste, deux filles très tape-à-l'œil et Segundo. Je suis restée à les observer pendant un bon moment : ils avaient l'air de se raconter des choses très drôles. Tout à coup, l'un des types s'est retourné et a regardé dans ma direction : il était petit, brun, habillé en noir, la lèvre retroussée par une cicatrice, les sourcils très rapprochés. J'ai tressailli. Le couloir était éclairé, ma chambre très sombre, et je n'avais ouvert qu'une fente : il ne pouvait pas me voir. Ou peut-être que si ? Je n'osais pas bouger au cas où je me serais trahie et je suis restée comme ça, immobile comme une bûche, pendant un moment très long. Le groupe parlait et riait, et l'homme me regardait, et à travers le petit triangle que sa cicatrice ouvrait dans sa bouche, on voyait briller une dent en or.

Jusqu'à ce qu'ils finissent par s'en aller et que s'éteigne le couteau de lumière qui se glissait par le fil de la porte entrouverte. Le couloir s'est retrouvé vide et dans le noir, l'endroit silencieux. Je suis retournée dans mon lit et j'ai rêvé toute la nuit d'hommes aux lèvres coupées qui me poursuivaient, et puis d'une bâtisse glacée et sombre où on enfermait les enfants qui n'avaient pas de parents. Je me suis réveillée en pleurs, comme beaucoup d'autres nuits. Et cette fois-là aussi, comme les autres fois, je n'ai pu trouver de réconfort qu'en répétant "Baba", mon mot magique, qui venait des profondeurs de mon enfance et dont je ne me rappelais pas la signification, si tant est qu'il en avait une. Et donc, j'ai serré mes poings et mes paupières, et j'ai murmuré furieusement : "Baba, Baba."

Comme une litanie contre la désolation des ténèbres : “Baba, ma petite Baba, Baba.” Et ce mot qui n’avait pas de sens soulageait ma tristesse et laissait dans ma bouche une saveur sucrée.

Dans la chambre de doña Barbara, sur la table de droite, il y avait deux grandes photos encadrées. Deux photos d’hommes. L’un était âgé, avec des yeux bleus très ouverts. Il n’avait pas un visage désagréable, mais il y avait quelque chose dans son expression qui faisait peur. Et l’autre était jeune, brun, aux yeux clairs lui aussi, avec des pommettes marquées et des lèvres épaisses. Un jour, doña Barbara a pris ce portrait, me l’a montré et m’a dit : “C’est Maximo, ton père.” “Où est-il ?” me suis-je risquée à demander. Et elle a juste répondu : “Il reviendra. Je sais qu’il reviendra.”

Et c’est à partir de ce moment-là que j’ai eu l’absolue certitude que mon père viendrait, tôt ou tard, me chercher.

La plupart du temps Chico était invisible. Je veux dire que, même s'il se trouvait devant vous, on ne le voyait pas. Il possédait une étrange habileté à demeurer immobile et silencieux, comme caché ou dilué dans les plis de l'air. Il se recroquevillait sur lui-même et diminuait en taille, et il passait des heures comme ça, roulé en boule, assis sur la marche de la porte d'entrée. Il n'avait pas d'amis et ne jouait presque jamais. Il s'asseyait simplement sur son escalier, à attendre que quelqu'un vienne et le charge de quelque chose. Parce que Chico faisait des commissions. Il chassait des mouches pour la tortue de Mariano, l'homme du bar. Il montait les cafés du petit-déjeuner, en plein après-midi, aux femmes qui travaillaient la nuit. Il donnait des messages. Il portait de petits paquets. Il passait ses journées dans ce va-et-vient. Nous n'allions pas à l'école, ni lui ni moi.

Avec ses menus travaux, Chico gagnait quelques sous, et lorsqu'il en réunissait une poignée, il les dépensait en petites voitures de métal et en sucreries. Il avait l'habitude de faire ses achats au magasin de Rita, où il y avait un néon sur le mur, dans la partie derrière le comptoir, si bien que Rita était toujours à contre-jour mais qu'elle vous voyait clairement. C'était une femme d'âge moyen, forte et avec beaucoup de poitrine : ses bras sortaient de part et d'autre de son thorax, énormes et décollés, comme les pinces d'un crabe. On disait dans le Quartier qu'un jour d'hiver Rita avait tué un homme qui essayait de la cambrioler. Le type lui avait mis la pointe de son couteau entre les seins, et elle avait alors attrapé un marteau et lui avait fait éclater la tête d'un coup, comme on ouvre une pastèque mûre. Même si certains affirmaient que le mort n'était pas un voleur, mais un ancien ami, et qu'il n'allait pas la voler, mais qu'il lui avait déjà pris, autrefois, quelque chose qui n'était pas matériel et qui avait de la valeur. Mais tout cela était dit avec beaucoup de prudence et à voix basse, car Rita était mariée à Juan Tête-de-Mule, qui était un homme très brutal. Les mots pouvaient être très dangereux dans le Quartier et plus d'un, pour avoir trop parlé, était apparu mort et la bouche cousue au fil de fer au milieu des terrains vagues des Petites Maisons.

Chico revenait du magasin de Rita un après-midi où je l'ai vu arriver chargé de sacs en papier. C'était un enfant qui savait être généreux dans l'abondance et il m'a aussitôt tendu, magnanime, un paquet de pastilles à la menthe. Nous nous sommes tous les deux assis sur la marche de la porte d'entrée pour mâcher nos bonbons.

– Rita dit qu'il y a un type dans le Quartier qui pose des questions sur nous.

– Sur nous ? Sur toi et sur moi ? Quelqu'un du Quartier ? me suis-je effrayée.

– Sur nous tous. Un gars de l'extérieur. Rita ne le connaît pas.

Et tout à coup j'ai pensé : c'est peut-être mon père.

– Mais il a posé des questions sur moi ? Sur moi précisément ?

– Eh bien oui, s'est étonné Chico. C'est bizarre, non ? Il a posé des questions sur grand-mère Barbara. Et sur Segundo. Et sur toi. À Rita, ça ne lui a pas plu.

Ça devait être lui. Qui d'autre s'intéresserait à moi. Ça devait être cela.

– Et il était brun, avec les yeux clairs et les lèvres épaisses… ai-je hasardé, dans l'expectative.

– Je ne sais pas. À Rita, ça ne lui a pas plu. Rita m'a dit : "Chico, dis aux tiens qu'on est en train de vous chercher."

– Attends, ne raconte ça à personne pour le moment. Je préviendrai demain doña Barbara, ai-je dit sans savoir pourquoi, peut-être parce que je pressentais, sans la connaître encore, la relation de Segundo avec mon père.

– D'accord, a rapidement acquiescé Chico.

Je ne crois pas que ça lui disait grand-chose d'avoir à parler avec Segundo. Il désignait toujours son père comme ça, du nom de Segundo, ou simplement disait *il*. Jamais il ne disait "mon père". Il a méticuleusement découpé un ruban de réglisse et m'en a donné la moitié. Nous les avons mâchés pendant un bon moment dans un silence tranquille jusqu'à ce que, tout à coup, je constate que Chico demeurait étrangement immobile et qu'il commençait à prendre la couleur de la pierre de l'entrée.

– Qu'est-ce qu'il y a ?

Je me suis retournée et je les ai vus descendre la rue dans notre direction : trois garçons d'environ quatorze ou quinze ans. En regardant mieux, j'ai remarqué que l'un d'eux était le Bagnole. Je me suis levée et j'ai fait semblant d'être en train de sortir quelque chose de la boîte à lettres éventrée et crasseuse. Je n'avais jamais eu affaire au Bagnole, mais tout le monde savait que c'était un voyou.

– Eh, les gars, regardez-moi qui est là : le morveux aux grandes oreilles, a dit le Bagnole avec bonne humeur.

Et il s'est approché de Chico en souriant. Cela n'a fait aucun doute pour moi qu'ils étaient en train de le chercher, parce que le garçon avait alors la même couleur que le mur et était parfaitement invisible, sauf si on voulait vraiment le trouver.

– Dis voir, morveux pouilleux aux grandes oreilles : qu'est-ce qu'on a de beau aujourd'hui ?

Chico, tremblant, lui a tendu les sucreries qu'il lui restait. Le Bagnole les a examinées en ouvrant les papiers.

– Et c'est tout ? Ben, tu parles d'une merde… a-t-il dit vivement, en se jetant une poignée de boules de menthe dans la bouche. Aujourd'hui, t'as tout becté, hein, mon salaud…

– Je… j'en ai pas acheté beaucoup, je… j'avais pas d'argent, a bégayé le garçon.

– Ah, non ? C'est ce qu'on va voir, a dit le Bagnole.

Il a attrapé Chico et en un clin d'œil il l'a retourné tête en bas, pendu par les chevilles. Il l'a secoué comme ça plusieurs fois, l'enfant hurlait et les deux amis étaient morts de rire. Je n'ai pas pu m'en empêcher et j'ai fait un pas vers eux.

– Lâche-le, ai-je dit tout bas. Et j'ai aussitôt regretté d'avoir fait ça.

Mais malheureusement pour moi ils m'avaient entendue.

– Quoi ? Qu'est-ce qu'elle raconte cette pouilleuse ? a demandé le Bagnole à l'un de ses amis, comme s'il ne pouvait pas s'abaisser à me parler à moi.

– Elle te dit de le lâcher, a répété l'autre.

Le Bagnole a lâché Chico, qui est tombé par terre tête la première. Le coup a résonné et a dû faire mal, mais le garçon est resté immobile sur le sol, comme il était tombé, sans pleurer ni bouger, à essayer de prendre la texture et la couleur des dalles.

– Eh bien il est lâché. Voilà. Lâché.

Il a avancé vers moi et j'ai senti la pression du mur de l'entrée contre mon dos. Le Bagnole était petit et costaud, avec un visage charnu et des paupières épaisses et bridées, presque sans cils. Son haleine sentait la menthe, et ses pieds, engoncés dans des chaussures de sports sales, la transpiration. Il m'a serrée contre le mur et s'est mis à marmonner d'un ton irrité :

– Et toi d'où est-ce que tu sors, toi, qui c'est qui t'a dit que tu pouvais parler, pute pouilleuse, et pourquoi tu cries…

Je n'étais pas en train de crier. À dire vrai, je crois que je n'étais même pas en train de respirer. Baba, qu'il ne me fasse pas mal.

– Tu vas comprendre…

Alors il a soulevé ma jupe et il a mis sa main dans ma culotte. J'ai senti ses doigts pendant quelques instants, rugueux et chauds, farfouillant par là. Un pincement. J'ai hurlé. Le Bagnole a sorti sa main.

– C'est une morveuse : elle a même pas de poils, a-t-il dit d'une voix chargée de mépris. Fichons le camp d'ici.

Et ils sont partis, non sans filer avant, au passage, un coup de pied à Chico qui était toujours par terre : un coup mou et sans hargne, simple rappel de qui ils étaient. Je me suis approchée de Chico et je l'ai aidé à se relever : il saignait du nez et avait une marque sur la joue. J'ai caressé sa tête, satisfaite d'être intervenue.

– Mon pauvre, je suis vraiment désolée. Heureusement que j'étais avec toi.

Le garçon m'a regardée avec les sourcils froncés et un air sombre, tout en essuyant son nez avec un coin de son pull.

– Heureusement ? Tout ça, c'est de ta faute... a-t-il grogné.

– Ah, oui ? me suis-je irritée. Alors, ne t'inquiète pas, je ne t'aiderai plus jamais.

– Tu ne m'as pas aidé ! Je ne veux pas que tu m'aides ! Tu ne sais rien ! Tu es une fille.

J'en suis restée bouche bée.

– C'est la vie, tu comprends pas ? a continué Chico. Ils viennent et ils se moquent un peu, mais si je leur obéis, ils ne me font pas de mal.

– Ah, non ? Regarde ta tête.

– Parce que tu as fait une erreur, tout est de ta faute, tu ne connais pas le Quartier !

– Mais, alors, à toi ça t'est égal qu'ils te mettent la tête en bas et qu'ils t'insultent ?

Chico a haussé les épaules.

– Quand ils viennent, je les laisse manger mes bonbons et me chahuter. Eux et d'autres. Ceux qui sont plus forts. C'est la vie. Et ça va, c'est pas grave. Je ne voudrais pas non plus être comme eux, tu sais. Eux, les forts, il faut tout le temps qu'ils se battent les uns avec les autres. Qu'ils se battent pour de vrai, avec des couteaux et tout ça. Mais moi, je dois juste supporter quelques bousculades. Ça va. C'est tranquille.

Il a écarté son pull de son nez : il ne saignait plus.

– Et je m'en fiche des insultes, et je sais bien que mes oreilles sont atroces... a bafouillé Chico, et son visage s'est assombri un instant et on aurait presque dit qu'il allait faire une grimace. Mais il s'est aussitôt ressaisi et a poursuivi : et qu'ils mangent mes bonbons, ça m'est égal, qu'ils les mangent tous, que ça leur donne un mal de ventre horrible. Je gagnerai plus d'argent et j'en achèterai encore plus.

Et, tout en disant cela, Chico s'est de nouveau assis sur la marche de la porte d'entrée, les bras croisés, le dos bien droit, comme un digne commerçant aux grandes oreilles attendant la venue de sa clientèle.

La chambre des chats était vraiment pleine de chats. Des chats noirs, et gris, et bruns, et tigrés, avec des pattes blanches, avec des pattes cassées, malingres pour certains, bedonnants pour d'autres, des chattes fines et coquettes, des chatons impubères, de gros matous pleins de cicatrices de leurs bagarres avec les autres mâles. La fenêtre restait toujours ouverte afin que les animaux puissent entrer et sortir à leur guise, mais l'air y était tout de même fétide et douceâtre. Grand-mère Barbara prenait soin des chats et Amanda prenait soin de grand-mère, de Segundo, de Chico, de moi et de la maison.

Parfois les félins ne venaient pas tout seuls, c'est-à-dire que lorsque l'un d'eux rentrait de ses escapades nocturnes il ramenait un ami. Mais la plupart avaient été recueillis par doña Barbara dans la rue les quelques fois où elle sortait : en général, juste deux fois par mois, le premier et le troisième samedi. Grand-mère se préparait beaucoup ces jours-là, elle lavait et brossait avec soin ses longs et rares cheveux blancs, elle sortait toutes ses robes et les étalait dans sa chambre avant de se décider pour l'une d'elles et elle lustrait elle-même ses robustes bottes à boutons qui, à ses pieds, énormes, avaient l'air de chaussures militaires. Et enfin, lorsqu'elle était entièrement habillée, elle mettait un bâtonnet de cannelle dans un petit mouchoir très fin et glissait ce mouchoir dans son décolleté.

– Est-ce que ça va ? disait-elle alors. Est-ce que je suis assez couverte ? Ou est-ce que j'aurai trop chaud ?

Amanda courait à la fenêtre, sortait un bras pour tâter l'air, contemplait le ciel. Mais, comme elle était peu sûre d'elle et hésitante, elle n'était jamais capable de répondre correctement aux questions de doña Barbara. Grand-mère grognait, insatisfaite, ôtait sa veste, la remettait, décrivait des cercles dans la chambre tandis qu'Amanda devenait de plus en plus nerveuse et que le moment du départ augmentait en intensité. Et au bout du compte, ni avant ni après mais juste au bon moment, comme si une salve de canons honorifique avait retenti (parfois un avion tonnait dans les hauteurs et cela semblait fait exprès), doña Barbara ouvrait finalement la porte de sa chambre et larguait lentement les amarres comme un majestueux transatlantique en route vers des mers lointaines.

En réalité, elle allait toujours au cimetière. Je le sais parce que, de nombreuses fois, elle m'a emmenée avec elle. Elle prenait sa canne dans sa main gauche et, avec la droite, elle me tenait par le cou, et c'était comme avoir un vautour accroché sur son dos. On nous regardait beaucoup. On nous regardait dans le Quartier, où nous étions célèbres depuis que nous nous étions retrouvés avec la pension. Mais on nous regardait encore plus dans la ville, où nous arrivions en autobus. Je sais que ma grand-mère s'habillait d'une façon bizarre, mais en ce temps-là elle me semblait une reine, et dans les yeux des autres je croyais voir de la peur et au mieux de l'envie, jamais de la compassion, de la curiosité ou du mépris.

Nous allions à un cimetière ancien et très petit qui, avec la croissance de la ville, s'était retrouvé presque dans le centre. C'était un endroit agréable, surtout quand il y avait du soleil et que les arbres dessinaient sur le sable par terre un puzzle tremblant d'ombre et de lumière. Ces jours-là, grand-mère semblait rajeunir dès que nous entrions par les grilles en fer. Le bruit des voitures restait derrière nous et le cimetière était une bulle de silence frais et végétal qui sentait bon la terre arrosée. Doña Barbara ouvrait son énorme bouche et respirait bruyamment et goulûment l'air, comme si elle voulait l'avaler tout entier d'un seul coup. Et parfois elle riait, je ne savais pas pourquoi.

Elle me faisait lire les pierres tombales et observer les dates. Puis elle me serrait le cou et disait des choses bizarres :

– Regarde ! “*À la mémoire de ma chère épouse, Matilde Morales Pérez, 1847-1901…*” Regarde bien ça… Ils sont tous morts, tous, sauf toi et moi… Ne l'oublie jamais, n'oublie jamais que tu es vivante. Entre la mer de ténèbres du temps qui a été et l'interminable mer du temps qui viendra, tu es vivante maintenant, juste maintenant, une étincelle de lumière et de hasard au milieu du néant. Un privilège. En vérité, je ne sais pas pourquoi vivent les idiots. Et les misérables. Pourquoi un tel gâchis de vie avec les gens. Avec toutes ces personnes qui ne savent même pas qu'elles sont vivantes. Alors que je pourrais faire un si bon usage de toutes ces années que d'autres gaspillent. Ça n'est pas rationnel, ça n'est pas juste ni économique. S'il y a quelqu'un là-haut, il a tout fait très mal.

Et elle éclatait de rire et nous continuions notre promenade au milieu des tombes, jusqu'à ce que le soleil se couche et que les arbres commencent à susurrer cette complainte menaçante que les arbres chantent la nuit, et le garde venait alors nous dire qu'il fermait et j'arrivais enfin à arracher grand-mère au cimetière. Doña Barbara ne savait jamais partir des endroits qui lui plaisaient.

C'est en rentrant à la maison qu'elle avait coutume de prendre les chats. Elle attrapait par le cou les animaux de rue les plus sauvages et féroces, et ces derniers se laissaient faire avec une docilité inexplicable. Mais peut-être que le bruit du bon traitement que doña Barbara leur réservait avait couru parmi les félins du Quartier, car parfois on aurait même dit que les chats venaient à notre rencontre. Grand-mère baptisait alors chaque animal du nom d'un mort, Matilde Morales Pérez, Lucy Annabel Plympton, Rodrigo Ruiz Roel, des noms qu'elle avait glanés pendant l'après-midi dans le cimetière, tirés des pierres tombales à moitié effacées. Doña Barbara avait une très bonne mémoire et appelait toujours chaque chat par le nom adéquat. Et donc, lorsqu'elle entrait dans leur chambre pour leur donner à manger et changer leur eau, elle parlait toujours un petit bout de temps avec eux, avec ceux qui étaient là, parce que, comme ils entraient et sortaient, la population variait. Et elle s'adressait toujours aux animaux par leur nom avec un respect total, comme s'il s'agissait de personnes. Et il est vrai que certains paraissaient humains : Lucy Annabel, une jolie petite chatte innocente ; Rodrigo, un chat grognon et enrhumé ; Matilde, une dame chatte aux hanches rondes.

Si je raconte tout ça c'est parce que c'est dans la chambre des chats qu'il s'est passé quelque chose d'inquiétant. C'était le lendemain de notre incident avec le Bagnole et j'avais passé toute la matinée à parcourir le Quartier pour voir si je trouvais mon père, c'est-à-dire cet homme mystérieux qui me cherchait. Mais je ne l'avais pas trouvé, et je me sentais si triste que j'étais entrée dans la chambre des chats. Je le faisais souvent : je me glissais à l'intérieur sans qu'on me voie, car personne n'y apparaissait jamais, sauf grand-mère le matin. Et, une fois passé la première suffocation de l'odeur, à laquelle on s'habituait en quelques minutes, je m'y sentais en sécurité et en compagnie.

Cet après-midi-là j'ai dû m'endormir, car des voix m'ont fait sursauter et quand j'ai ouvert les yeux la pièce se trouvait dans l'obscurité. J'ai aussitôt compris qu'il y avait quelqu'un dans la chambre d'à côté, celle du canapé, que Segundo utilisait comme salon. Une porte en bois achevée par un vantail unissait les deux pièces, et par le vasistas se glissaient de la lumière et la voix d'un homme.

– Je te dis que nous allons avoir des ennuis : il te cherche et je suis sûr qu'il sait tout.

– Mais tout quoi, bordel ? Ne joue pas au plus malin, Portugais... disait la voix furieuse de Segundo.

– Tu sais bien de quoi je parle... Et je le sais moi aussi. Et je ne joue pas au plus malin... pour le moment.

– Ne me menace pas, Portugais, ne me menace pas...

De l'autre côté de la porte, il y a eu un court silence tendu.

– D'accord. Ne nous fâchons pas. Nous sommes associés, n'est-ce pas ? a dit d'un ton conciliant celui qui s'appelait Portugais.

Autre silence.

– Je te dis que ce type est un danger. Il vient de l'intérieur.

– De l'intérieur ? Qui c'est qui t'a dit ça ?

– Je le sais. Et aucun doute que c'est Maximo qui l'envoie.

J'ai tendu l'oreille en entendant le nom de mon père. Ainsi donc le nouveau venu n'était pas lui, mais un envoyé à lui. Et Segundo semblait en avoir peur.

– Maximo ne sait rien non plus, a dit Segundo d'une voix hésitante.

– Il sait que tu as l'argent.

On a entendu un bruit de chaise qu'on traîne, un coup sec, un halètement soudain, la voix susurrante et crispée de Segundo :

– Ne répète jamais ça... Ne le pense même plus jamais, tu m'entends, Portugais ? Si jamais tu répètes ça, je t'égorge...

Encore un silence, interrompu seulement par de petits reniflements.

Au bout d'un moment, Segundo a de nouveau pris la parole d'un ton plus tranquille :

– L'argent a brûlé dans l'incendie.

– Oui... dans l'incendie.

– C'était pas de chance.

– C'est ça, c'était pas de chance... a grogné le Portugais.

– Et ce n'est pas de ma faute si la femme de mon frère est morte.

Donc mon père avait été marié, ai-je pensé avec surprise. Et cette nouvelle m'a dérangée. Mais immédiatement un rideau épais a paru s'ouvrir à l'intérieur de ma tête et la pièce tout entière a été éclairée par ma découverte : cette femme dont ils parlaient, la morte dans l'incendie, devait être ma mère. J'ai senti un coup de chaleur sur mon visage, le souffle crépitant et vorace des flammes. Mes jambes ont tremblé et je suis tombée par terre. J'ai renversé une chaise et j'ai dû faire un bruit considérable.

– Qu'est-ce que c'est que ça ? a sursauté le Portugais.

– Rien. Ces foutus chats.

J'ai entendu quelques pas et la porte s'est ouverte. Un triangle de lumière aveuglante a couru sur le sol jusqu'à m'atteindre. Je suis restée immobile là où j'étais, encore assise sur le carrelage, terrifiée et confuse, pendant que le Portugais m'observait froidement. C'était le type à la bouche coupée que j'avais vu dans le couloir quelques nuits auparavant.

– Tu avais raison… C'étaient les chats, a finalement dit l'homme sans cesser de me regarder.

– Tu vois ? a dit la voix de Segundo depuis la chambre. Le pire avec toi, c'est que tu ne me crois pas. C'est pas comme ça que les choses iront bien pour toi dans la vie, Portugais…

– Oui, je te crois. L'argent a brûlé dans l'incendie. Tu vois ? Je te crois.

Et, avant de refermer la porte, il a souri, et sa dent en or a brillé au milieu de la chair brisée de sa bouche.

Tout a changé quand Airelai est enfin arrivée. En premier ont débarqué ses malles, beaucoup de malles, avec des rivets en fer dans les coins et d'épaisses courroies en cuir recouvrant les fermoirs. Deux hommes les ont apportées dans le camion d'une compagnie de déménagement, ce qui a été un authentique événement dans le Quartier, où jamais personne qui déménageait n'utilisait ce genre de compagnies parce qu'elles coûtaient trop cher. Quand je dis que nous devions être riches.

Elle est apparue quand ils avaient déjà monté presque tous ses paquets. Elle portait un béret en feutre noir orné d'une plume bleue brillante, des collants noirs et une jupe courte en gaze du même bleu resplendissant que la plume. Tout entière, de ses chaussures plates vernies jusqu'au plus haut de son chapeau, elle devait mesurer moins d'un mètre. À moi elle m'arrivait à la poitrine et j'étais encore une enfant.

Les deux pièces qui n'étaient pas occupées dans l'ancienne pension ont été ouvertes et remplies avec les paquets d'Airelai. Les meubles ont dû être poussés sur le côté et c'est à peine s'il restait de la place pour quelque chose d'autre. De ces malles ont commencé à sortir les objets les plus extraordinaires : de grandes épées et de petits poignards, des paravents chinois en papier de riz, des boîtes laquées qui se démontaient et se remontaient comme des pièces mécaniques, de minuscules costumes brodés de paillettes, des boules de cristal avec une lumière à l'intérieur, des cubes colorés, des tables pliantes, des mouchoirs et des éventails.

L'une de ces malles était matelassée et doublée de soie rouge foncé, et c'est là-dedans que la Naine avait son lit, avec des draps en lin et un oreiller en dentelle. À l'intérieur du couvercle de la malle, Airelai avait cousu plusieurs estampes : des dessins bigarrés et inquiétants, dont elle m'a expliqué plus tard que c'étaient des dieux hindous ; la photo d'une baleine sautant hors de l'eau au milieu de l'océan ; un beau paysage vert au creux des montagnes, avec une maison en pierre sur un versant ; un portrait ancien couleur sépia d'une femme très petite, perchée sur une table et vêtue d'une robe longue ; et, enfin, sur la cinquième estampe et la plus fascinante, on voyait une explosion de lumière sur un fond obscur, comme une étincelante boule de feu au milieu des ténèbres. C'était l'Étoile, m'a expliqué Airelai, c'était une photo de l'Étoile. J'ai appris son aspect grâce à cette image et c'est pour ça que, quand je l'ai vue plus tard, j'ai pu la reconnaître.

Airelai a apporté la magie. Je veux dire que Segundo et elle ont commencé à travailler dans un numéro de magiciens dans un club qui se trouvait en face de chez nous. Parce que c'était ça, ces portes rougeâtres et fumantes qui ne s'ouvraient que la nuit : des clubs. Ce qu'était un club, ça, je ne le savais pas. Mais bien évidemment ce n'était pas un endroit pour les petites filles.

L'arrivée de la Naine a été un événement. Même doña Barbara a semblé s'en réjouir. Elle s'est levée de son lit pour la recevoir :

– Il était temps que tu montres ton nez, l'a-t-elle rabrouée en guise de salut.

– Ils ne me laissaient pas passer les malles à la frontière, s'est excusée Airelai.

– Vous devez vous mettre à travailler le plus tôt possible.

– Ça ne presse pas non plus, a protesté Segundo.

– Bien sûr que si, imbécile, a ronchonné grand-mère. Tu attires trop l'attention avec tout cet argent… La police est déjà en train d'enquêter, c'est ce qu'a dit Rita, la femme du magasin.

– Ce type n'était pas un policier, a protesté Segundo. C'était… – Il s'est mordu les lèvres. – Bon, peut-être que si, peut-être que tu as raison.

Doña Barbara l'a regardé avec ses yeux d'oiseau et la même expression avec laquelle un oiseau jaugerait le petit ver qu'il va avaler dans une seconde. Mais le fer de son regard a ensuite fondu, son lourd menton a tremblé, elle a paru plus vieille. Elle a poussé un soupir.

– Tu ne vaux même pas l'ombre de ton frère.

Elle a fait demi-tour, est rentrée dans ses chambres et a fermé la porte en la claquant. Segundo a basculé son poids d'un pied sur l'autre et a regardé la Naine.

– Elle est folle. Tu le vois bien, de plus en plus folle. Mais que ce soit bien clair pour toi qu'ici, celui qui commande, c'est moi. Tu as compris ? a-t-il dit avec une note de menace dans la voix.

– Oui.

– Et il ne reviendra pas. Il ne peut pas. Il lui reste encore pas mal d'années. Et quand il reviendra…

Un avion est passé au-dessus de nous et son grondement a dévoré le reste des paroles de Segundo. J'ai vu la Naine bouger la tête et répéter :

– Oui.

Et alors, je ne sais pas pourquoi, tous deux se sont retournés et m'ont regardée, et j'ai fait mine d'être occupée à casser des noisettes avec le gond de la porte, ce qui était mon excuse pour rester dans le couloir. Mais Segundo a saisi la Naine par le bras et l'a emmenée presque en la soulevant dans les airs dans la pièce du canapé, et je n'ai plus rien pu entendre.

Quelques jours plus tard, Amanda, Chico et moi sommes allés au club d'en face voir une répétition du numéro de magie. C'était le matin et, quand nous avons poussé la porte, on ne voyait à l'intérieur ni fumée ni lueur rougeâtre. À dire vrai, l'endroit s'est révélé des plus décevants : c'était une espèce de grand garage plein de meubles. Il y avait des fauteuils en skaï et de petites tables basses de tous les côtés, les tables étaient toutes rayées et quelques-uns des fauteuils avaient des trous par où la bourre s'échappait. Par terre, il y avait une moquette couverte de brûlures et de taches, et les murs étaient si sales qu'il était impossible de reconnaître aucune couleur. Dans un coin, il y avait une scène formée par une estrade en bois et des rideaux verts à franges dorées, crasseux et déchirés comme tout le reste. On ne voyait aucune fenêtre et la seule lumière provenait d'ampoules poussiéreuses qui pendaient au plafond. Ça sentait une odeur aigre et le tabac froid. C'était un lieu tellement triste qu'il vous serrait le cœur.

Airelai était vêtue de sa robe à volants toute brodée de paillettes rouges et fraise : elle avait l'air d'une petite flamme brûlant sur les vieilles planches de la scène. Segundo portait une tunique en soie trop grande : il retournait ses larges manches sur ses coudes et se prenait les pieds dans l'ourlet en marchant.

– Merde… Amanda !

– Oui… balbutiait Amanda dans la pénombre.

– Tu pourrais pas me coudre un peu ça…

– Oui, oui, excuse-moi, je le ferai après.

Segundo était d'une humeur exécrable : il était une heure de l'après-midi et il ne se levait jamais aussi tôt. En plus, les tours de magie ne l'amusaient pas : il faisait apparaître et disparaître des triangles argentés sous des chapeaux, multipliait les bouquets de fleurs en papier et dénouait des cordes en l'air sans cesser de ronchonner, les sourcils sombres et froncés.

– Vous avez remarqué quelque chose ? Vous avez vu le truc avec la main gauche ? Amanda !

– Non, non, c'est très bien, tout est très bien, très bien…

Amanda se rongeait les ongles et Chico était assis auprès d'elle, la tête penchée sur le côté. Comme chaque fois qu'il se trouvait devant son père, Chico gardait une attitude silencieuse et léthargique, comme s'il était assoupi, mais il avait les oreilles dressées et en alerte, presque aussi mobiles que celles d'un lapin.

Segundo nous avait amenés au club pour vérifier que le spectacle fonctionnait. Derrière lui, dans un tourbillon de paillettes, sans bruit et sans poids, Airelai disposait tout et lui passait les accessoires. Je ne regardais qu'elle. Elle était si jolie et tout le reste si laid.

C'est pour cette raison que cela m'a inquiétée quand Segundo l'a mise dans une caisse. Seule sa tête restait au-dehors, et ses petites mains sur les côtés, et ses pieds au fond. Et la Naine remuait ses mains et ses pieds, qui avaient l'air d'animaux doués d'une vie propre. Alors Segundo a commencé à planter dans la caisse ses grandes épées à poignées ouvragées. Elles sifflaient horriblement en traversant le bois et apparaissaient de l'autre côté, aiguisées et pour le moins propres, car je craignais de les voir sortir teintées de sang. Et quand le coffre ressemblait à une pelote d'épingles et qu'il était impossible que quelque chose tienne à l'intérieur sans avoir été pourfendu, Airelai était encore en train de sourire et entière. Cela a été pour moi la première preuve indiscutable du pouvoir de la Naine.

Parce que c'était elle qui possédait la magie, et pas Segundo. C'est ce que nous avons compris aussitôt, Amanda et Chico et moi, et Airelai elle-même nous l'a expliqué ensuite de cette façon-là :

– C'est comme les ventriloques. Vous savez ce que c'est, vous en avez vu ? Ce sont ces personnes qui apparaissent sur la scène avec une marionnette, et qui parlent, ou racontent des blagues, et qui font semblant de donner leur voix aux marionnettes. Mais je sais que ce n'est pas le cas, et écoutez-moi bien. Je sais que c'est la marionnette qui parle à la place du ventriloque et qui fait ensuite semblant que le ventriloque fait semblant que la marionnette parle. Vous me comprenez ? Moi aussi je fais semblant, sur scène, que c'est le magicien qui connaît les tours, mais en réalité c'est moi la détentrice du secret et de la parole. Et eux, sans moi, écoutez-moi bien, ils ne seraient rien.

Grand-mère s'en allait et je courais vers la maison pour lui dire au revoir, quand, au détour d'un coin de rue, je suis rentrée dans un homme. Ça a été comme s'encastrer dans un mur. Deux grosses pognes sont tombées sur mes épaules et un visage gris est descendu jusqu'à se placer à quelques centimètres du mien.

– Pardon... ai-je balbutié.

Dans ma confusion, je ne voyais devant moi qu'un pan de peau détériorée, une peau épaisse et granuleuse et comme de la pierre. La peau s'est étirée et une rangée de dents jaunes est apparue, et plus haut j'ai découvert deux yeux fixes et ronds, comme ceux des requins.

– Pardon, ai-je répété, et j'ai donné un coup avec mes épaules pour essayer de m'échapper, mais il me tenait bien serrée.

– Ça, pour une coïncidence, a dit le type en montrant ses dents de façon menaçante, même si c'était peut-être sa manière de sourire. C'est toi que je cherchais.

– C'est pas moi. C'est pas moi, ai-je répondu aussitôt en me tordant entre ses mains. Ce n'était pas possible que ce type si horrible soit l'envoyé de mon père.

– Tu es la fille du Tigre.

– C'est pas moi, c'est pas moi, ai-je répété, plus sûre de moi, soulagée de constater qu'en effet je ne connaissais en rien ce Tigre en question.

– Bien sûr que c'est toi : la fille de Maximo. Voyons, personne ne t'a parlé de ton père ?

D'une bourrade, je me suis libérée de ses pognes. J'ai descendu la rue en courant et l'ai entendu rire dans mon dos :

– Tu peux toujours courir, je t'attendrai.

Je suis arrivée à la maison à bout de souffle, juste à temps pour voir un grand taxi qui emportait grand-mère vers une destination inconnue et lointaine. Doña Barbara avait changé ses robes magnifiques pour un tailleur gris foncé. Toutes les cinq ou six semaines, elle mettait ce costume gris et terne, s'emparait d'un grand sac en cuir et disparaissait pendant plusieurs jours. Et lorsqu'elle rentrait, elle était malade. Elle se mettait au lit et ordonnait de fermer les volets, comme si elle dormait, et nous marchions tous dans la maison sur la pointe des pieds. Tous sauf Segundo, qui dans ces moments-là donnait des coups de pied dans les meubles et claquait les portes et semblait plus exaspéré que jamais.

Le jour où je suis rentrée dans cet homme, c'était la première fois que grand-mère s'en allait, et j'ai eu peur que doña Barbara s'absente juste quand une menace rôdait autour de nous. Parce que ce type-là nous voulait du mal, j'en étais certaine. J'ai tout raconté à Airelai après que grand-mère fut partie : les paroles de cet homme, la dureté de ses mains et de ses yeux.

– Cela devait arriver, a murmuré la Naine, et son visage menu s'est obscurci.

Elle n'a rien dit de plus et l'après-midi s'est écoulé sans qu'il ne se passe rien de mémorable, mais peut-être avec plus de silences, peut-être avec plus de tristesse. Mais cette nuit-là, alors que Chico et moi dormions déjà, Airelai est entrée dans notre chambre et nous a réveillés :

– Eh, petites marmottes, ouvrez-moi ces yeux et levez-vous… Allons un peu explorer le monde…

Derrière elle se trouvait Amanda, à peine vêtue d'un long tee-shirt, ses jambes maigres à l'air et les pieds nus, comme si la Naine l'avait elle aussi tirée du lit. Amanda apparaissait par-dessus les épaules d'Airelai, les cheveux en désordre et s'étouffant dans une crise de petits rires nerveux : elle avait l'air d'une enfant et non d'une mère, la mère de Chico qu'elle était, et c'est ce qui était troublant et m'agaçait. Mais Chico a aussitôt tendu les bras vers elle, souriant et endormi, et Amanda l'a soulevé et l'a serré contre sa poitrine, et a dansé avec lui au milieu de grands éclats de rire dans toute la chambre. Et moi je n'avais aucun cou tiède et parfumé auquel m'agripper. Baba.

– Allez, venez ! Segundo est sorti et comme doña Barbara n'est pas là... nous sommes seuls ! nous pressait joyeusement la Naine.

Elles n'avaient allumé aucune lumière, je m'en rendais compte à présent. La maison était plongée dans l'obscurité et le silence, et la lueur de la pleine lune entrait par la fenêtre ouverte en grand. Le monde semblait autre, enveloppé par cet air argenté si propre et si léger. Le lavabo dans l'angle, l'armoire, la porte, même nos mains et l'éclat de nos dents quand nous riions : tout paraissait plus joli et plus net. Doux et sans poids, comme la substance des rêves agréables. Et, en réalité, on aurait dit que nous étions encore dans notre lit et que tout ce que nous faisions n'était autre que rêver.

C'est pourquoi nous n'avons pas perdu de temps à nous habiller et, comme Amanda, nous avons suivi la Naine les pieds nus et en chemise de nuit, parce que cette façon d'être vêtus, ou d'être dévêtus, était sans doute la plus appropriée à une nuit crémeuse comme celle-ci, une nuit différente qui semblait ne jamais devoir être vaincue par le soleil, la nuit éternelle. Et donc, nous avons dansé et sautillé de chambre en chambre en file indienne derrière Airelai, et nous ouvrions toutes les fenêtres devant lesquelles nous passions. La lune entrait à flots, silencieuse et liquide, dessinant de grands rectangles de lumière sur le sol et léchant nos pieds nus de sa langue froide.

– Que la nuit est belle, disait Airelai. La nuit aux maisons obscures et aux cuisines vides, aux balcons ouverts et à l'odeur de géranium fraîchement arrosé... La nuit est aux femmes. Et aussi aux enfants, jusqu'à ce qu'ils deviennent des hommes et oublient qui ils sont.

Et elle ouvrait la porte de la chambre des chats et laissait les animaux nous suivre dans toute la maison et faire leurs griffes sur le canapé de Segundo.

Nous étions au mois de juin et il commençait à faire chaud. Par les fenêtres entrait l'odeur des nuits d'été, qui est un arôme sec et tiède, semblable à celui des draps repassés ou à l'argile qu'on vient de cuire. Nous sommes allés dans la chambre d'Amanda, et puis dans la pièce de la Naine pour fouiller parmi ses trésors, et nous avons ensuite couru ou peut-être volé jusqu'à la cuisine, où nous avons dévoré un miel qui, à la lueur de la lune, était brillant et noir comme du jais fondu.

– C'est parce que, la nuit, les choses sont remplies de leurs propres ombres, et c'est pour ça qu'elles sont différentes de ce qu'elles sont durant le jour. Parce que, le jour, les choses se dédoublent et leur ombre sort d'elles et tout perd un peu de sa substance, expliquait Airelai. Mais, bien sûr, comme vous passez vos nuits à dormir comme des loirs, vous ne vous en étiez pas aperçus.

Et elle devait avoir raison, la Naine, car ce miel épais et noir était le plus délicieux que j'aie jamais mangé, et parce que tout était semblable au monde habituel mais tout était différent : les couleurs transparentes, les meubles qui flottaient sans poids dans la pénombre, les carreaux frais qui caressaient nos pieds, la maison qui semblait respirer autour de nous comme un animal aimable et affectueux, et cet air léger et mousseux, comme si on avait battu la lumière de la lune jusqu'à la faire monter en neige.

Et nous sommes entrés dans la chambre de doña Barbara. Avec discrétion, en trébuchant les uns contre les autres, en ouvrant grand nos yeux pour nous rendre compte de tous les détails. Le fauteuil était un garde furieux plongé dans l'obscurité. Quand la Naine a ouvert les rideaux, la lumière de la lune l'a transformé en trône. Et dans le lit semblait reposer l'ombre de doña Barbara. Nous nous taisions tous. La chatte Manuela Fornos Sanz, qui était entrée avec nous, a baissé la tête et est repartie sur la pointe des pieds. En se déplaçant avec l'aisance de qui connaît les lieux, la Naine a ouvert le tiroir inférieur de la commode et en a sorti la boîte carrée des biscuits aux pignons. Nous en avons tous pris un, et, assis par terre en demi-cercle, nous l'avons mangé en même temps et à petites bouchées, comme si c'était un rite. En dessous de nous tournait le monde.

Bien que grand-mère ne soit pas là, ça sentait l'odeur de grand-mère. L'encens et la pommade. J'ai regardé la photo de mon père. Son visage se détachait dans la pénombre, fort et intense.

– Oui, c'est Maximo, a murmuré la Naine qui m'observait. J'étais là quand on a pris cette photo.

J'ai essayé de ne rien laisser paraître, parce que je ne voulais pas qu'ils sachent que j'attendais le retour imminent de mon père.

– Et l'autre portrait ?

– C'est le mari de doña Barbara. Votre grand-père. C'était un très bon magicien. J'ai beaucoup appris avec lui, a répondu Airelai.

– Il me fait peur, a dit Chico.

– C'est parce qu'il est mort. Vous comprenez ce que je vous dis ? Quand la photo a été prise, il était déjà mort. Il n'avait jamais consenti à être photographié de son vivant. Il disait que les portraits vous volaient votre âme.

Ces yeux bleus si terribles, ce visage aux muscles exsangues. Chico s'est serré dans les bras de sa mère.

– Il me fait peur, a-t-il répété. Et il s'est blotti dans les bras d'Amanda.

Contorsionné comme il l'était, son tee-shirt léger était remonté jusqu'au milieu de son dos. J'ai vu le corps blanc et doux du garçon, les osselets pointus de sa colonne vertébrale. Et ces étranges marques sombres et rondes. Je me suis penchée et j'ai regardé de plus près : c'étaient de petits cercles de peau fripée et plus foncée. Il y en avait deux ou trois, peut-être que sur le devant il y en avait davantage. C'étaient peut-être des brûlures. Des cicatrices.

– C'est quoi ce que tu as là ? ai-je dit.

Chico a sursauté en recouvrant son dos d'un coup. Et alors, à cause de son geste, j'ai compris. J'ai compris pourquoi il était si méticuleux quand il se déshabillait, avec ce que j'avais pris pour de la pudeur masculine. J'ai compris la terreur qu'il avait de Segundo.

Nous sommes restés en silence un long moment, pendant que la nuit continuait de crépiter de lumière autour de nous. Amanda berçait Chico dans ses bras et fredonnait une chanson rien que pour lui. À présent elle ne semblait plus une enfant, mais paraissait beaucoup plus vieille que ce qu'elle était en réalité. Airelai s'est levée dans un soupir et s'est approchée de la fenêtre ouverte. Je l'ai suivie. Là en bas, à côté du lampadaire du coin de la rue, appuyé contre le mur, se trouvait l'homme contre lequel j'avais trébuché ce matin-là. Il fumait une cigarette et avait l'air d'attendre quelque chose ou quelqu'un avec une patience inépuisable.

– Cela devait arriver, a répété la Naine.

Un avion a déchiré le ciel sur nos têtes. C'était un bruit comme le roulement de nuages en pierre. Et ensuite le jour a commencé à se lever et cette nuit éternelle a pris fin elle aussi.

Airelai avait la croix de Caravaca dessinée sur le voile de son palais. Elle nous l'a montrée un jour et, comme elle était si petite, il a fallu qu'elle monte sur la table de la cuisine pour qu'Amanda puisse la voir. Il s'agissait d'un rebord blanchâtre qui parcourait sa voûte. Ce n'était pas trop spectaculaire, mais c'était la marque de l'Étoile.

– Elle indique que je possède la grâce.

Chico et moi, nous nous sommes immédiatement scruté l'un l'autre la bouche pour voir si nous étions marqués. Mais non.

– Ne soyez pas bêtes : si vous l'aviez vous le sauriez, parce que ce n'est pas le seul indice, a dit la Naine. Le plus important, c'est celui du pouvoir de la parole. Quand un enfant a la grâce, il parle dans le ventre de sa mère. Et si sa mère le raconte, si elle révèle ce prodige, le nourrisson naît avec la marque mais il perd la grâce.

Nous en avons été impressionnés. Même Amanda a pincé ses lèvres, effrayée par les incalculables conséquences de la parole.

– C'est pour ça que tu es comme ça, parce que tu as cette chose dans la bouche ? a timidement demandé Chico.

– Comment ça comme ça ?

– Petite comme ça.

Airelai a gonflé sa poitrine minuscule et a fait quelques pas d'un côté puis de l'autre avec un air satisfait, comme si le garçon lui avait adressé le plus grand des éloges.

– Disons que je suis… spéciale, a-t-elle finalement répondu dans un sourire.

Et elle nous a alors raconté l'histoire de l'Étoile.

Parce que Airelai parlait beaucoup. Avec elle, et avec ses malles, et ses accessoires de magie, et ses robes brodées d'étincelles de lumière, sont surtout arrivées les paroles : de fascinantes histoires de mondes lointains, des aventures extraordinaires, des réflexions incompréhensibles mais certainement d'une extrême importance. C'est pour ça que, lorsque Chico et moi nous ne comprenions pas quelque chose, nous apprenions ses phrases par cœur, avec la conviction que la vie, avec le temps, finirait par s'adapter aux paroles d'Airelai et nous permettrait d'en extraire le sens. Elle savait tout, notre Naine. Elle avait tout vu. Elle avait l'air très jeune, une jolie poupée sans passé, mais elle assurait être très vieille.

– Je ne suis pas naine, je suis lilliputienne, c'est-à-dire de proportions délicates. Pas difforme ni monstrueuse, mais seulement petite, expliquait souvent Airelai. Les lilliputiens sont des miniatures de la vie, des échantillons parfaits. Et c'est justement pour ça, à cause de notre perfection, que nous ne vieillissons jamais. Nous ne sommes jamais tout à fait des enfants, mais pas non plus des vieillards. Nous traversons l'existence toujours égaux à nous-mêmes, et à la fin, un beau jour, nous mourons. Comme tout le monde. Mais nous vivons généralement longtemps, parce que, comme nous sommes petits, la mort nous oublie souvent.

Elle était bien sûr resplendissante et très belle, avec la peau de la couleur du pain tout juste grillé, des yeux sombres, des cheveux épais et lisses, bleutés dans leurs reflets à force d'être noirs. Et une voix claire et douce, ornée çà et là des restes d'un accent étranger, qui vous entrait dans les oreilles comme une brise fraîche. Avec cette voix légère et hypnotique, Airelai nous a raconté ce soir-là l'histoire suivante :

“Je suis née très loin d'ici, vers l'Orient, de l'autre côté des mers et des montagnes. Juste au moment où mes parents étaient en train de s'aimer sans penser à moi, il est passé au-dessus d'eux une étoile filante, qui sont les plus puissantes, car elles n'ont pas besoin d'être attachées comme des idiotes à une place fixe dans le firmament. Et voilà donc que mes parents m'ont conçue en cet instant, et du feu proche de l'Étoile j'ai obtenu ma force. Et à six mois j'ai parlé dans le ventre de ma mère et j'ai crié : 'Je veux sortir d'ici !' Ce qui a été une preuve évidente que j'avais la grâce, non seulement parce que je parlais, mais parce que je disais que je voulais sortir, car il est bien connu de tous qu'aucun enfant ne souhaite abandonner le ventre de sa mère et affronter, si seul et si nu, le douloureux poids du monde.

"Mais moi je n'étais pas si seule, parce que j'avais mon don. Et il m'octroyait le pouvoir de la clairvoyance et de l'entendement. À la différence des autres humains, qui sont tellement absorbés et enfermés dans leurs petites existences que, devant ou derrière eux, ils ne parviennent à voir que de l'obscurité, je savais d'où je venais, et qui viendrait après moi. Je sais que j'occupe une place dans la chaîne de la vie, comme une minuscule goutte perdue, mais également protégée, dans les eaux d'un fleuve torrentiel. L'Étoile, habituée au rythme sidéral et surhumainement lent des grandes sphères, m'a fait cadeau de cette perception aiguë de l'immense et du minuscule. Je sais que je suis petite, très petite. Mais les autres aussi le sont et ne le savent pas. C'est là mon pouvoir, celui de la conscience.

"Quand elle m'a entendue crier dans son ventre, ma mère a eu une peur bleue. Ma mère était très jeune en ce temps-là, et, qui plus est, elle s'était retrouvée orpheline alors qu'elle n'était qu'une enfant, de sorte que ma grand-mère, sa mère, n'avait pas eu le temps de lui transmettre des connaissances aussi élémentaires et indispensables que celle de savoir ce qu'on doit faire lorsque votre enfant se met à parler à l'intérieur de vous. Le fait est que ma pauvre mère, effrayée, s'est tue au début et n'a rien fait, espérant avoir mal entendu. Mais j'ai toujours été assez impatiente et têtue, si bien que j'ai continué de crier que je voulais sortir. Jusqu'à ce que finalement, un soir, ma mère se prépare avec soin, s'entoure le ventre d'un châle en laine pour étouffer ma voix et s'en aille en marchant à l'autre bout du village pour consulter la Vieille Sage. Et la Vieille lui a dit :

"– Ma fille, tu as mal fait de venir. Tu m'as révélé que ton enfant criait à l'intérieur de toi, et rien que pour ça, pour avoir trop parlé, le bébé peut perdre la grâce : tu n'aurais jamais dû le dire à personne. Tu as une excuse, néanmoins, et c'est que tu ne le savais pas. Et que, même sans le savoir, tu as agi avec un bon sens et une discrétion remarquables, et tu ne l'as raconté qu'à moi, et pour trouver un conseil. Si bien que tu mérites que je t'aide, et je vais donc le faire, même si je ne sais pas si nous réussirons à corriger cette erreur. La première chose que tu dois savoir c'est que, quand quelqu'un s'est gagné un destin et s'est attiré une infortune, la seule façon de l'éviter, c'est de la remplacer par une autre sorte de malheur. Si tu veux que ton bébé ne perde pas son don, il faudra qu'il le paie d'une façon ou d'une autre. C'est-à-dire qu'il faudra qu'il choisisse entre la grâce et la douleur. Mais ce n'est pas moi qui peux décider pour ton enfant d'une chose aussi importante, et même toi tu ne peux pas le faire. Je me souviens qu'il y a longtemps, très longtemps, quand j'étais encore une petite fille, ma grand-mère, qui m'a enseigné tout ce que je sais, m'a emmenée un jour en visite dans une grande maison en pierre et en bois aux abords du village. Deux hommes, je ne sais s'ils étaient de la famille ou des domestiques, nous ont conduites dans les escaliers en granit et menées à la chambre principale. Là, dans un immense lit qui avait dû être renforcé de planches en chêne, était allongée une vieille femme, plus ou moins de l'âge de ma grand-mère. Elle avait les yeux fermés et respirait péniblement, mais le plus remarquable c'était la panse colossale qu'elle possédait, une masse aux dimensions fantastiques qui gonflait sa chemise de nuit comme une voile et reposait de côté sur le lit. Ce ventre était si gros que la vieille femme semblait en être un prolongement, et non l'inverse. Et ma grand-mère m'a dit alors :

"– Cette femme au ventre démesuré que tu vois là était autrefois ma meilleure amie. Nous avons grandi ensemble et ensemble nous sommes allées à nos premiers bals. Elle a tout de suite rencontré un bon et beau garçon, et s'est mariée. Peu après, elle s'est retrouvée enceinte et son bonheur semblait si complet qu'il en faisait presque peur. Mais au sixième mois de sa grossesse, le bébé s'est mis à lui parler du fond de son ventre. C'était un garçon et il disait des choses douces et jolies. Mon amie savait qu'elle ne devait rendre compte de ce prodige à personne, mais en ce temps-là elle était aveuglée par cette stupide ivresse de toute-puissance que produisent la félicité et l'amour. Aussi l'a-t-elle dit à son mari, et après, effrayée par ce qu'elle avait fait, elle a demandé leur aide aux accoucheuses, qui lui ont expliqué que, si son enfant voulait garder la grâce, il faudrait qu'il le paie par des infortunes et du malheur. Le conseil n'allait pas dans le mauvais sens, mais, comme tu le verras après, il était incomplet. Le fait est que mon amie a longtemps réfléchi : des nuits sans sommeil et des journées de larmes. Et elle a finalement décidé que son enfant ne pouvait pas perdre le don, quand bien même le prix en était élevé. Si bien qu'une nuit elle est sortie dans la cour et, à la sombre lumière des étoiles, elle a accepté au nom de son fils les peines nécessaires pourvu que la grâce soit maintenue. Eh bien, ça a été la pire chose qu'elle pouvait faire. L'enfant a hurlé en l'entendant et n'a pas cessé de hurler dans son ventre pendant plusieurs jours. Mais le plus atroce c'est que les semaines ont passé et le moment de l'accouchement est arrivé, et le bébé ne sortait pas : il refusait de vivre une vie de malheurs que d'autres avaient choisie pour lui. Et il s'est écoulé une semaine de retard, et puis un mois. La première année est passée, la deuxième, la troisième. L'enfant ne naissait pas, mais il grandissait dans les entrailles de sa mère au même rythme qu'il aurait grandi au-dehors. En peu de temps, son poids et son volume étaient si énormes que ma pauvre amie ne pouvait déjà plus tenir debout et a dû se confiner à vie dans son lit. Et là, dans ce lit, l'enfant a continué de se développer, et il a finalement cessé d'être un enfant et il est devenu un homme accompli. Et à en juger par les dimensions du ventre, il a dû être un garçon grand et fort et doit être maintenant un cinquantenaire considérablement gros. Voilà bien longtemps que mon amie a presque complètement perdu la conscience. Elle ne vit que pour s'alimenter, ce qu'elle doit faire plusieurs heures par jour, et le reste du temps en général elle somnole.

“Ainsi a parlé ma grand-mère, a dit la Vieille Sage, et lorsqu’elle s’est tue et que nous sommes restées toutes les deux à contempler dans la pénombre cette montagne de chair tremblante, nous avons pu entendre une voix d’homme lointaine et faible qui s’exclamait : ‘Je ne veux pas sortir !’ au milieu d’échos d’humidité, de voûtes résonnantes et de clapotements. Si je te raconte tout ça, ma fille, c’est pour que tu comprennes que nous ne pouvons en aucun cas décider pour les autres. Qu’il n’est sous aucun prétexte permis d’imposer aux autres un destin que nous aurions choisi pour eux, quand bien même nous croyons être mus par l’altruisme et faire ainsi leur bien.

“Ainsi a parlé la Vieille Sage, a dit la Naine, et ma mère, ayant appris la leçon, est rentrée à la maison. Et cette même nuit elle est sortie dans la cour et, à la sombre lumière des étoiles, elle m’a communiqué que je devais choisir entre la souffrance et le don. Et je me suis révoltée, et j’ai donné des coups de pied dans le ventre de ma mère, et j’ai pleuré. Car il me semblait injuste d’avoir à assumer la responsabilité d’une telle décision avant même d’être née. Mais j’ai finalement choisi, et j’ai préféré la grâce. Parce que je préfère la connaissance, même avec des malheurs, à un bonheur stupide et sans conscience.

“Toutefois, j’ai été si préoccupée pendant les derniers mois de ma gestation et j’ai employé tant d’énergie à choisir la meilleure option que j’ai négligé la dernière finition de mon anatomie. Et il est donc advenu que, lorsque je suis née, je l’ai fait très petite, et on a vite vu qu’il devait me manquer une pièce essentielle dans le mécanisme de la croissance, car le temps passait et je restais toujours aussi réduite, jusqu’à ce que ma condition de naine devienne évidente. J’ai ensuite découvert que ce type d’incident est assez commun. Je veux dire que beaucoup de femmes enceintes touchées par le don parlent trop, et les enfants, perturbés d’avoir à vivre dès le ventre maternel des conflits aussi énormes, négligent en général leur propre formation ou confondent, par pure angoisse ou confusion, les pièces de l’assemblage. Et donc, beaucoup naissent avec six doigts à chaque main, avec des pieds tordus ou un bec-de-lièvre. Si bien que, quand vous croisez de par le monde ces êtres singuliers à la triste apparence, des hommes ou des femmes bossus, ou aveugles, ou cagneux, ou bien laids comme le diable, et impotents, et bigleux, ne croyez pas pour autant qu'ils soient inférieurs et dignes de pitié, car probablement ils sont comme ça parce qu'ils possèdent la grâce.

"Quant à moi, je n'ai jamais regretté mon choix, même si ma vie a été difficile et que j'ai toujours dû cohabiter avec quelque malheur. Mais aussi, et grâce au don, mon existence est intense. Et je sais de surcroît qu'un jour mon Étoile, qui est une étoile filante, ce que les hommes de science appellent une comète, reviendra. Vous avez vu la photo de ma comète, de mon Étoile, car je l'ai cousue dans le couvercle de la malle : cette masse de lumière, ce beau crépitement, cette puissance. Une nuit plus très lointaine, elle reviendra traverser le ciel au-dessus de moi, et cette nuit-là, je le sais, mes souffrances seront terminées et tous mes vœux deviendront réalité. Je sais qu'il en sera ainsi : cela se produira."

Ainsi a parlé Airelai lorsqu'elle nous a raconté l'histoire de l'Étoile, nous laissant bouche bée, Chico, Amanda et moi. La nuit était tombée sur ses paroles et nous sommes restés quelques minutes silencieux dans le crépuscule, à digérer l'histoire. Puis Amanda a demandé :

– Et puisque tu dis que tu dois toujours supporter quelque peine, quelle infortune t'arrive à présent ?

Parce que la Naine nous semblait forte, libre et heureuse. Airelai a soupiré :

– Eh bien à présent… Je souffre beaucoup à présent, a-t-elle dit en rougissant. Même si vous ne le remarquez pas, je souffre beaucoup d'amour.

Depuis que le type au sourire de requin avait commencé à surveiller la maison, Segundo avait disparu. Il n'avait pas dit où il allait, et même pas qu'il allait partir. Il était simplement sorti un soir de la pension et n'était plus revenu. Au début, Amanda était plus pâle que jamais et passait des nuits blanches à attendre le retour de son mari.

– Parce que je ne veux pas qu'il me trouve endormie, disait-elle parfois à grand-mère.

– Il a toujours été un parfait bon à rien, répondait doña Barbara.

Toutefois, à mesure que les jours passaient, Amanda paraissait se tranquilliser, et on pouvait même l'entendre parfois fredonner pendant qu'elle préparait le repas ou rangeait la maison. Mais, tout à coup, elle arrêtait brusquement ses doux chantonnements et levait en sursautant sa main vers son visage, dans ce geste bien à elle et si indéfini, comme si elle allait se couvrir la bouche et à mi-chemin se ressaisissait, comme si elle allait se ronger les ongles et avait perdu ses doigts en cours de route. Et dans cette main qui pendait mollement dans l'air se trouvait dépeinte toute sa vie.

– Je ne peux pas croire qu'il soit parti, murmurait-elle, angoissée, dans ces moments-là. Il reviendra. Je le sais. Il ne me laissera jamais.

– Il a toujours été un parfait bon à rien, disait grand-mère.

Nous vivions les oreilles dressées, en nous attendant à entendre ses pas à n'importe quel moment. Nous parlions, nous jouions, nous mangions et nous dormions avec cette présence imminente. Et nous faisions tout en vitesse, pour avoir fini avant qu'il ne revienne, même s'il s'agissait d'une activité totalement innocente. Mais le retour de Segundo était une ligne, une frontière. Et plus il tardait, plus ce moment nous semblait imposant, encore plus chargé de signification et de menace.

– Il se peut qu'il ne revienne jamais, a dit la Naine tout en s'éventant avec un carton.

C'était l'heure de la sieste et l'air était immobile et lourd.

– Je ne peux pas y croire, a répondu Amanda.

– Pourquoi ?

– Je n'ai pas cette veine. Je veux dire, je n'ai jamais eu de chance.

– Mais imagine que cela a changé, a dit Airelai. Maintenant tu as ma force. Maintenant vous avez tous les trois ma chance. Quand mon Étoile viendra, tous mes vœux se réaliseront. Et je fais le vœu que vous soyez heureux tous les trois : toi Amanda, et toi, et Chico aussi. Donc votre chance est maintenant ma chance.

Amanda a soupiré :

– Ce que tu es gentille, Airelai. Mais il reviendra.

Je me suis allongée par terre sur le dos, en savourant la fraîcheur momentanée du carrelage. Au-dessus de moi se trouvait l'air stagnant et chaud de la pièce. Et, plus haut, le toit calciné. Et, plus haut, un ciel presque blanc consumé par un soleil insoutenable. Et, plus haut, le firmament toujours noir qui nous entoure, comme je l'avais vu dans une émission de télévision. Et là-bas, dans l'immensité de cette nuit éternelle, notre Étoile avançait vers nous, ferme et aveugle, disposée à tout nous concéder.

– Pourquoi tu n'es pas partie ? Pourquoi est-ce que tu ne les as pas laissés ? a demandé la Naine.

Amanda a été très longue à répondre. Elle était assise sur une chaise, vêtue d'un tee-shirt et d'un vieux pantalon en jean coupé aux ciseaux à mi-cuisses. Elle trempait de temps à autre une serviette dans la carafe d'eau qu'il y avait sur la table (nous avions fini de manger très peu de temps auparavant) et mouillait son décolleté et sa nuque avec. La carafe avait contenu des glaçons, mais ils avaient fondu. Nous bougions tous lentement, et nous parlions lentement, et nous pensions lentement, comme si bouger, parler, penser ou respirer était un danger, ou plutôt comme si la chaleur était en train de nous tuer. Et c'était peut-être le cas. Chico a voulu se blottir dans les bras d'Amanda, mais elle l'a repoussé avec lassitude et douceur. Alors le garçon s'est couché par terre, sur le carrelage, comme moi, et il s'est mis à somnoler tout en serrant dans une main la cheville de sa mère. Grand-mère aussi devait être en train de faire la sieste dans la pénombre asphyxiante de ses chambres : elle prenait des somnifères. Et autour de nous brûlait la terre.

– Mais comment voulais-tu que je m'en aille ? C'est impossible, a finalement répondu Amanda.

– Quand tu es venue ici, toute seule, pour aller chercher la petite...

– Ils avaient gardé mon fils, pour que je ne parte pas. Et puis, où est-ce que je vais aller ? Segundo me retrouverait. Et il me tuerait.

– Allons, allons : tu n'es pas la seule au monde à être mal mariée. D'autres s'en sont sorties.

– Moi non. Je le sais. Moi non.

– En plus tu es une fille instruite, tu as travaillé comme secrétaire, tu sais taper à la machine... Tu n'as pas du tout besoin d'eux. Cherche-toi un travail. Prends ton fils et va-t'en.

Amanda a de nouveau été longue à répondre. Son regard s'est perdu dans l'air. On voyait qu'elle était en train de se forcer à imaginer comment la vie pourrait être sans Segundo, sans sa brutalité et ses mains si dures. Des gouttes d'eau et de sueur brillaient sur son décolleté et ses cheveux, mouillés, étaient collés sur ses joues douces et rondes. Une mouche trouait la pénombre au-dessus de ma tête : elle chargeait encore et encore contre l'air dense et lourd, et on avait presque l'impression d'entendre le bruit de l'ombre qui se déchirait. Si Amanda partait, elle emmènerait son fils. Rien que son fils. Baba.

Amanda a poussé un soupir et secoué la tête avec désespoir, en renonçant :

– Je n'ai pas cette veine. Ma mère ne voulait pas que j'épouse Segundo. Mais il était très beau. Je me suis mariée et voilà tout. Avant, j'étais différente, mais j'ai fait une erreur et il n'y a plus de solution. Je ne peux pas lui échapper. C'est la vie. C'est tout, Airelai.

Amanda parlait avec les yeux baissés et un tremblement étrange ramollissait sa bouche et son menton, comme s'ils étaient en train de se rebeller, et même de s'enfuir de son visage, et qu'elle n'avait pas assez de force pour garder menton et bouche à leur place. Je me suis alors souvenue d'un autre menton comme ça, agité et accablé, désespéré dans son désir de s'enfuir de sous le nez de son propriétaire. Nous l'avions vu, Chico et moi, l'après-midi d'avant, en face de chez nous, à la porte du club où, avant que Segundo ne disparaisse, celui-ci et Airelai avaient l'habitude de jouer comme magiciens. C'était le menton du Bagnole, le voyou chef de bande. Mais à ce moment-là, quand nous l'avions vu, Chico et moi, il avait l'air extrêmement humble et il était seul.

– Je viens parler au Portugais, avait soufflé le Bagnole au gros bras qui lui avait ouvert la porte et le laissait attendre dans la rue.

Quand nous avions vu venir le Bagnole, Chico et moi nous étions cachés dans l'ombre de notre porte d'entrée. Mais le garçon ne nous avait pas prêté la moindre attention. De fait, il semblait absorbé par quelque chose d'intérieur et c'est à peine s'il regardait où il allait. Avec le menton tremblant et ses lourdes paupières entrouvertes sur ses yeux bridés.

– Je t'ai dit de ne pas venir ici, espèce de merde... avait grogné le Portugais en apparaissant brusquement à la porte.

Le corps du Bagnole avait tressailli à la voix de l'homme. Il s'était penché en avant et avait susurré quelque chose que nous n'avions pas entendu. Le Portugais avait plissé sa bouche cassée d'un air goguenard :

– Et pourquoi est-ce que je ferais ça pour toi ? Tu ne vaux rien. Tu ne me sers à rien.

À ce moment-là était apparu sur le seuil, à côté du Portugais, l'homme au sourire de requin dans lequel j'étais rentrée quelques semaines plus tôt. Sa présence avait été une surprise désagréable pour Chico et pour moi : cela faisait plusieurs jours que nous ne l'avions pas vu et nous commencions à croire qu'il était parti. L'Homme Requin avait amicalement pris le Portugais par les épaules et avait souri avec sa bouche terrifiante.

– Qu'est-ce qu'il y a ? avait-il dit, et il y avait eu quelque chose dans son ton qui transformait ces mots innocents en quelque chose de brutal.

Le Bagnole s'était encore plus penché vers eux et avait de nouveau murmuré. Nous ne l'avions pas entendu mais nous avions vu son dos, tendu vers l'avant et aussi vers le bas, dans un mouvement à la fois anxieux et implorant. Le Portugais avait fait une grimace de mécontentement et avait écarté le garçon d'une bourrade qui l'avait presque jeté par terre.

– Va crever, avait-il dit avec lassitude, sans aucun enthousiasme, avant de rentrer dans le club.

– Et ne reviens pas, avait ajouté l'Homme Requin, et il était clair qu'il ne s'agissait pas d'un conseil.

Le Bagnole était resté un moment à contempler la porte close puis il s'était retourné et nous avions pu voir son visage : blanc comme du papier. Il avait retenu le tremblement de son menton à l'aide d'une main et fermé ses paupières sans cils pendant quelques instants. Puis il avait rouvert les yeux, respiré profondément, bombé le torse, et il s'était mis à marcher vers le bas de la rue. Dans les dernières secondes, il avait gagné en hauteur et en défi. Il aurait presque ressemblé au Bagnole habituel sans le tremblement misérable de son menton.

Plus tard, Chico et moi l'avons raconté à grand-mère. Pas l'histoire du Bagnole, mais que nous avions vu le Portugais et l'Homme Requin, ensemble et très amis au club de la magie.

– Il a toujours été un parfait bon à rien, a soupiré doña Barbara.

Et elle est allée se coucher.

Nous n'avions pas d'argent. Peu avant nous étions riches, mais maintenant Segundo n'apparaissait toujours pas et nous n'avions pas d'argent. Grand-mère avait vendu ou mis en gage une montre en or et de grosses fourchettes lourdes, surchargées d'arabesques, qui ressemblaient à des tridents. C'est ce que m'a dit Airelai, qui savait tout. Mais nous n'avions quand même pas d'argent. Certains jours, c'était à peine si nous avions de quoi manger et Amanda nous préparait du pain avec du saucisson et riait beaucoup, parce que d'un côté la situation économique la préoccupait, mais de l'autre elle commençait à penser que Segundo ne reviendrait pas, et cette contradiction des sentiments la rendait assez nerveuse et comme qui dirait un peu folle.

Alors Airelai a dit un jour que ça suffisait comme ça et qu'elle allait prendre l'affaire en main. Et elle a commencé à sortir de la maison tous les soirs, enveloppée dans un voile mauve et dans son mystère. Elle ne revenait que lorsque la nuit était bien avancée, à petits pas sans bruit et sans poids, comme un lapin, et elle se mettait dans sa malle où elle dormait toute la journée. J'ai supposé que la raison de son comportement était la magie, et que si elle s'en allait de la maison tous les soirs c'était pour pouvoir faire des incantations à la lumière de la lune. Parce que Airelai revenait toujours avec de l'argent, de petites montagnes de billets froissés qu'elle laissait sur la table de la pièce du canapé avant d'aller au lit, et moi je trouvais ça impossible que quelqu'un puisse ramasser tout cet argent dans la nuit sombre si ce n'était pas à l'aide de quelque sortilège. Le matin, lorsque nous nous levions, Chico et moi, nous courions vers la table pour voir si le prodige se répétait encore une fois, et c'était comme tous les jours Noël. Je scrutais les billets en essayant de leur trouver quelque chose de spécial, car jamais auparavant je n'avais eu l'occasion de voir de l'argent enchanté. Mais ils ressemblaient à des billets comme les autres, certains même très usés et sales, avec les bords déchirés et des choses écrites au stylo : des mots absurdes, des noms de femme, des numéros de téléphone.

Alors grand-mère arrivait et prenait le petit tas de papiers avec avidité, les défroissait, les comptait et les pliait. Et elle appelait ensuite Amanda à grands cris, lui tendait majestueusement quelques billets et la chargeait d'une voix d'amiral des affaires du jour : qu'elle paie telle ou telle chose, qu'elle achète du porto pour elle et, surtout, les aliments pour les chats, qui étaient presque tous partis lorsqu'ils n'avaient pas trouvé de nourriture pendant les mauvaises semaines de famine et de pauvreté, au point que seuls quatre félins avaient résisté jusqu'à la fin, Zoilo Santana de Olla, Inés García Meneses, Tomasa López López et Dolores Rubio González, auxquels grand-mère, reconnaissante, avait décidé d'octroyer le titre de ducs. Maintenant, avec la réapparition des bols de nourriture, les chats revenaient peu à peu.

Nous avions de l'argent et Segundo n'était pas là, si bien que nous vivions, pour ainsi dire, dans le meilleur des mondes. Mais Airelai nous manquait. C'était tout juste si on la voyait maintenant, livrée comme elle l'était à ses incantations nocturnes et à ses sommeils réparateurs pendant la journée. Et sans la Naine, sans ses idées, sans ses histoires, sans ses mots, la vie était beaucoup moins drôle. Et donc, Chico et moi nous passions nos journées écrasés par le poids de l'été, seuls et désœuvrés. Si désœuvrés que j'ai commencé à m'autoriser des vagabondages de plus en plus vastes, des voyages d'exploration aux confins poussiéreux du Quartier. J'ai voulu que le garçon vienne avec moi, mais il a refusé. Chico n'en avait rien à faire de l'ennui : mieux, il semblait même le savourer. Assis sur la marche de la porte d'entrée, sa petite figure pâle brillait de transpiration et de satisfaction en voyant les heures passer si paisibles et tranquilles. Jouer avec des images, faire se battre deux cafards ou manger son sandwich au saucisson étaient pour lui des plaisirs formidables. Chico considérait que le calme plat était la meilleure des vies possibles, car là où il ne se passe rien, il n'y a pas de douleur.

Mais moi, je ne pensais pas comme ça. Moi, j'avais des espoirs et des désirs. Moi, j'attendais, j'attendais la venue de mon père, ou pour le moins la venue de l'Étoile, qui annoncerait notre félicité inévitable. Et comme toute personne qui attend le commencement d'une vie meilleure, je vivais le temps présent avec gêne et impatience. Je voulais tuer les heures, je voulais tuer le temps pour que l'avenir arrive le plus tôt possible. Mais l'été était long et lourd.

C'est à cause de ça, de cette envie d'en finir avec ces après-midi sans fin, que je me suis mise à explorer le Quartier au-delà de la zone autorisée. Parce que, tous les habitants du Quartier, nous avions nos rues, nos zones, l'endroit dans lequel, si nous respections les règles, nous pouvions vivre plus ou moins en sécurité. Mais si on franchissait ces frontières invisibles et tacites et qu'on entrait dans d'autres territoires, avec d'autres chefs, d'autres bandes, d'autres coins de rues, d'autres Bagnole, alors on ne pouvait jamais être complètement sûrs que la terre reste sous nos pieds et le ciel sur notre tête. Tout était relatif aux confins du Quartier.

Je me suis pourtant mise à aller et venir partout librement, et j'étais aidée par l'été et la chaleur, le soleil qui vidait les rues et effaçait leurs contours dans une brume aveuglante. J'ai parcouru le nord du Quartier, qui s'étirait vers la partie noble de la ville, et j'ai découvert l'église à l'autel surchargé qui m'a rappelé ma grand-mère. Je suis allée vers l'est, et le Quartier touchait une zone d'usines avec beaucoup d'hommes et de femmes en salopette bleue, et des grillages hauts, et des chiens policiers qui reniflaient les clôtures. J'ai atteint les confins de l'ouest, et le Quartier se défaisait peu à peu en vergers secs et en fermes à moitié démolies, en champs de terre dévorés par les chardons. Et je suis enfin allée au sud et j'ai trouvé là-bas d'autres grillages et d'autres chiens policiers, car le Quartier jouxtait l'aéroport et on avait clôturé les installations pour les protéger. Même si, à vrai dire, ce n'était pas l'aéroport qui semblait grillagé, mais le Quartier tout entier qui avait l'air mis en cage. Surtout parce que c'était là, dans le sud, que se trouvaient les Petites Maisons.

Pour aller vers le sud, on tombait d'abord sur la rue Violette, qui pendant le jour n'était pas violette et n'avait rien d'extraordinaire. Je l'ai traversée plusieurs fois en pleine journée (l'interdiction ne concernait que la nuit) et c'était une rue quelconque, comme n'importe quelle autre, large et courte et avec de grandes fenêtres basses toujours bien fermées. Ensuite, après avoir traversé cette rue, le Quartier perdait aussitôt son asphalte et devenait de plus en plus terreux. En marchant un peu, on arrivait aux terrains vagues, des collines de décombres et de poubelles dans lesquelles farfouillait toujours un chien, un vieillard ou un enfant. Et en traversant les terrains vagues et leur puanteur de pourriture, on arrivait en haut d'une côte et on contemplait à ses pieds les Petites Maisons : une mer de baraques écrasées de chaleur, aux toits en tôle et fibrociment, aux portes en carton et aux murs en Tetra Brik. Le tout au milieu de nuages de poussière, de carcasses de voitures rouillées, de squelettes de lave-linges et de frigidaires, de canapés à moitié brûlés, sur du sable nauséabond, entre un défilé triomphal de cafards et un semis scintillant de verres brisés. Les baraques s'amoncelaient les unes contre les autres dans cette cuvette bouillante, tournant le dos aux grilles de l'aéroport, qu'on voyait dans le fond. Et de ce bariolage asphyxiant montaient des cris de femme, des pleurs d'enfant, de timides aboiements de chiens faméliques.

J'avais osé me rendre aux Petites Maisons pour la deuxième fois et j'étais en train d'observer, fascinée, du haut de la côte, ce paysage déconcertant, quand j'ai tout à coup remarqué à mes pieds une ombre qui n'était pas la mienne. J'ai voulu me retourner, mais je n'en ai pas eu le temps : une main énorme est tombée sur mon cou et quelqu'un m'a attrapée comme on attrape un chat. Une sombre silhouette d'homme que j'ai à peine pu voir s'est approchée de mon oreille droite :

– Tiens, tiens... Regardez-moi qui est là...

Cette voix m'était familière, mais j'étais si terrifiée que j'avais perdu la mémoire.

– Puisque tu es venue, je vais devoir te faire les honneurs. Allons chez moi.

Sans lâcher mon cou, l'homme m'a poussée et m'a fait descendre le terrain vague devant lui. Dans la cuvette la chaleur était insupportable et le soleil semblait cuire davantage. La poussière montait aux chevilles et collait aux jambes moites de sueur. Nous avons marché un moment entre les baraques et c'était à peine si on nous regardait, jusqu'à ce que, d'une torsion du poignet, l'homme me fasse entrer par une petite porte dans l'une des maisons. L'intérieur était si sombre qu'au début je n'ai rien pu voir. Peu à peu le monde autour de moi a commencé à se matérialiser : les murs, formés de dizaines d'emballages de lait écrémé ; le sol, en terre battue, propre et bien balayé ; une table en formica ; un grand lit aux pieds en bois ; une armoire de cuisine ; un réchaud à gaz ; un téléviseur et un magnétoscope. Dans un coin, si immobile que c'est la dernière chose que j'ai vue, il y avait une femme extrêmement mince et d'un âge indéfini, avec un bébé dans les bras. Elle ne me regardait pas moi, mais l'homme qui était venu avec moi, et elle le faisait avec des yeux épouvantés, comme un chien qui s'attend à ce qu'on le punisse. J'ai senti que mon cou s'était retrouvé libre et je me suis retournée. Dans mon dos, souriant de travers avec sa bouche triangulaire, se tenait le Portugais.

– Bon, tu prendras bien quelque chose, non ? Tu es mon invitée, a-t-il dit sardoniquement.

Et il s'est retourné vers la femme et lui a aboyé quelque chose dans une langue que je n'ai pas comprise. Sans lâcher l'enfant, la femme s'est empressée d'obéir. Elle a sorti un Coca-Cola, un verre, a servi la boisson, me l'a donnée. J'en ai bu un peu. Elle était chaude comme de la soupe.

– Bien. Tu as bu. Tu connais ma maison. Nous sommes devenus amis. Tu vas donc maintenant répondre à tout ce que je te demanderai, a dit le Portugais.

Je me suis hâtée d'acquiescer de la tête.

– Bien. Où est l'argent ?

J'ai été épouvantée. La première question et je ne la savais pas !

– Que… quel argent, monsieur ? ai-je balbutié.

La dent du Portugais a étincelé dans sa bouche blessée. Il m'a agrippée par les bras et m'a soulevée dans les airs :

– L'argent du Tigre… Celui que Segundo avait. Où est-il ? a-t-il mugi d'une manière terrifiante.

– Je ne sais pas, je ne sais rien, ai-je presque pleuré. Quand Segundo est parti, nous nous sommes retrouvés sans argent… Et maintenant Airelai nous apporte des billets la nuit.

L'homme m'a laissée sur le sol avec un air de mépris.

– Oui, je sais bien d'où la Naine tire ses billets… Mais moi, vous ne me trompez pas, ni toi, ni elle, ni ta grand-mère. Je sais que Segundo ne l'a pas emporté, parce que, quand on l'a averti, il a fui sans pouvoir passer par chez lui. Et il n'est pas revenu. Donc, à partir de maintenant, tu vas chercher pour moi, tu m'as compris ?

J'ai encore acquiescé de la tête, même si je n'y comprenais rien. Le Portugais s'est penché vers moi :

– Tu vas être mes yeux, mes mains et mes pieds. Tu vas fouiller toute la maison, tu comprends ? Sans que personne te voie. Les tiroirs, les armoires, sous les lits, dans les carreaux défaits, dans la chambre de ta grand-mère, dans la cuisine. Toute la maison ! Tu comprends ?

J'ai de nouveau acquiescé et ma docilité a eu l'air de le calmer un peu. Au fond de la pièce, collée au mur, la femme squelettique restait tout à fait immobile avec l'enfant dans ses bras. Le gamin, qui devait avoir entre un et deux ans, s'amusait avec les cheveux raides et sales de sa mère et, à un moment donné, il les a retirés de son visage, et bien que la femme se soit empressée de se couvrir de nouveau de sa chevelure, j'ai pu remarquer qu'il lui manquait l'oreille droite et qu'à sa place il n'y avait qu'une cicatrice décharnée et rose.

– Je veux cet argent. Beaucoup d'argent. Une valise pleine. Cherche-le. Et cherche-le bien. Je te donne une semaine. Dans sept jours nous nous reverrons, a dit le

Portugais avec douceur, tout en jouant avec mon verre de Coca-Cola à moitié vide. Et ne crois pas que tu peux m'échapper, parce que tu ne le peux pas.

Il a refermé sa main autour du verre et, sans bouger un seul muscle de son visage ni effectuer aucun effort en apparence, il a fait éclater le verre en mille morceaux. Il a ensuite secoué sa main et deux gouttes de sang sont tombées par terre.

– La prochaine fois, a-t-il prévenu, ça ne sera pas mon sang.

Grand-mère était inquiète. Elle faisait et défaisait le nœud de son chemisier violet. Et elle arrangeait encore et encore les gros coussins de son fauteuil : parce que maintenant, en été, elle ne restait pas dans son lit, où il faisait trop chaud, mais dans un siège stratégiquement situé entre la porte et le balcon, pour grappiller une miette de brise à cette atmosphère si dense et épuisante. Doña Barbara soupirait de temps à autre et c'était comme le barrissement d'un éléphant : une démonstration de force.

– Cela ne t'étonne pas que les anniversaires de mort n'existent pas ? a-t-elle dit tout à coup. Nous fêtons avec beaucoup d'acharnement le jour de notre naissance, mais l'autre date la plus importante de nos vies, qui est celle de notre mort, nous l'ignorons complètement. Et, pourtant, nous y passons chaque année, nous traversons ce jour critique complètement aveugles et ignorants, et peut-être même que nous nous ennuyons, et nous nous énervons, et nous perdons notre temps, sans savoir que ce jour-là, dans vingt ans, ou cinq ans, ou un an, nous donnerions n'importe quoi juste pour parvenir au petit matin...

Je suis restée silencieuse : je savais déjà qu'elle n'attendait pas de réponse de ma part. Les mains de ma grand-mère, grandes et tachées, se déplaçaient çà et là dans l'air comme des oiseaux fatigués qui ont perdu le nord. Elle était de mauvaise humeur, acerbe et irritable, mais cette fois-là, chose extraordinaire, je ne me suis pas sentie effrayée. Ça a été la première fois où je l'ai vue vieille, au lieu de simplement démesurée et surhumaine.

– Pourquoi est-ce que tu me fais ça ? s'est-elle exclamée, douloureuse et plaintive.

– Faire quoi ? me suis-je inquiétée.

Mais j'ai aussitôt vu que cette question ne s'adressait pas non plus à moi. Doña Barbara faisait souvent ça : elle parlait aux recoins et aux ombres. Je me suis donc tranquillisée et j'ai continué de dessiner. J'étais en train de peindre sur un papier une mer vert pâle, et un bateau, et une mouette. Alors, grand-mère s'est tournée vers moi et a pris ma main.

– Regardez-moi cette main. Regardez-moi cette peau, a-t-elle dit d'un ton rêveur et admiratif. Douce comme la soie de mon chemisier. Ferme et fraîche. C'est un plaisir de toucher ta main. Et de te contempler. Tout entière si neuve. Si remplie de vie que tu en débordes de tous les côtés. Alors que nous, les vieux, nous sommes tellement rongés par la mort que nous tachons d'obscurité ceux qui s'approchent de nous. Est-ce que tu ne l'as pas remarqué ? Non, toi non. Tu es encore trop petite.

Elle s'est tue et a lâché un autre de ses soupirs furieux.

– Vous, les enfants, vous sentez la vanille. Même cette calamité qu'est ce pauvre Chico sent sûrement comme ça. C'est une petite odeur chaude et douce. Je m'en souviens très bien de quand je tenais mes fils dans mes bras, quand ils étaient bébés. Segundo et Maximo. J'y plongeais mon nez et je respirais le parfum de la vie. C'est curieux, mais je ne me rappelle pas de la dernière fois que je les ai respirés comme ça. Ce sont d'autres dates cruciales qui passent aussi inaperçues. C'est étrange qu'on vive stupidement des moments aussi forts sans apprécier leur importance. La dernière fois que j'ai respiré le dernier de mes bébés. La dernière fois que j'ai couru dans la rue sans aucune raison, juste pour le plaisir de la course. La dernière fois que j'ai nagé dans la mer jusqu'aux rochers. La dernière fois qu'un homme m'a embrassée.

J'ai abandonné mon dessin, parce que la conversation commençait à devenir intéressante.

– C'était... grand-père ? ai-je hasardé en désignant l'homme de la photo.

Grand-mère l'a regardé et a haussé les épaules.

– Non. Non. Mais ça n'a pas d'importance.

Il était onze heures du matin, mais la chambre était en train de devenir aussi sombre que si la nuit tombait. Et un air irrespirable, une vague de chaleur très dense, entrait dans la pièce avec l'ombre. Doña Barbara a de nouveau défait le nœud de son chemisier et a ensuite laissé tomber ses mains sur ses genoux, épuisée par la canicule.

– Promets-moi que tu te souviendras de moi. Et que tu diras mon nom à haute voix de temps en temps, comme je dis ceux de mes chats, ceux de toutes ces personnes qui un jour ont vécu et qui aujourd'hui n'ont plus que moi pour les nommer. Promets-le-moi.

– Oui, mais quand est-ce que je dois le faire ?

– Quand je serai morte.

– Mais quand vous serez morte, grand-mère, est-ce que le monde ne va pas finir ?

– Bien sûr qu'il va finir. Mais toi, tu inventeras un monde nouveau.

Ç'a été un soulagement de le savoir. Juste à cet instant, le ciel a éclaté au-dessus de nos têtes : j'ai d'abord cru que c'était un avion, mais ensuite j'ai compris qu'il s'agissait du tonnerre.

– Enfin ! Cette chaleur était insupportable, a gémi doña Barbara en se levant et en se dirigeant vers le balcon.

Je l'ai suivie et pendant quelques minutes nous n'avons rien fait d'autre que contempler le ciel, qui était noir et gonflé, et si bas qu'on avait l'impression de pouvoir le toucher avec la main. Il y a eu deux fois des éclairs horribles et, les deux fois, j'ai cru mourir, ou pour le moins j'ai eu peur de me retrouver aveugle, mais avec une cécité spéciale, la cécité de celui qui voit trop. Parce que, quand les éclairs se sont allumés, la rue est devenue livide, comme les rues des mauvais rêves, et le ciel a perdu son déguisement et a révélé son authentique substance : c'était une muraille de pierre sur le point de s'écrouler et de nous écraser. Si le monde est vraiment comme ça, si c'est ça la réalité, me suis-je dit, je préfère ne pas voir et ne pas savoir.

À ce moment-là, il s'est mis à nous tomber dessus de grosses gouttes chaudes, des gouttes qui éclataient délibérément sur la peau et qu'on sentait comme des doigts légers. Nous avons levé la tête vers les nuages noirs et l'eau caressait notre visage. Grand-mère a ouvert la bouche, comme elle le faisait parfois lors de ses visites au cimetière, mais cette fois-ci pas pour avaler l'air de la fin du jour, mais la pluie. Et de la rue montait un arôme de terre mouillée aussi enivrant qu'une drogue.

Doña Barbara ne respirait pas mais soufflait, comme un animal grand et puissant : un buffle d'eau, je crois que j'ai pensé. Elle tendait ses bras dans l'air et se laissait tremper par la pluie qui redoublait. Son chemisier collait à sa large poitrine et à ses épaules osseuses, et de son nez proéminent tombait un filet de gouttes.

– Les orages nettoient l'air... soufflait-elle pour elle-même. Et les pluies d'orage nettoient les mauvais souvenirs...

Elle a commencé à frotter doucement ses avant-bras mouillés et nus, comme si elle se caressait elle-même, ou peut-être qu'elle caressait les gouttes qu'il y avait sur sa peau. Elle a fermé ses yeux à moitié :

– La dernière fois que la pluie du dernier été m'a mouillée... Qui sait ? Peut-être que c'est tout, a-t-elle dit lentement.

Nous sommes restées pendant quelques instants en silence sous le tambourinement assourdissant de l'eau.

– Une pluie d'orage comme en ce temps-là. Comme avant. Tu te souviens de lui ?

– De qui ? ai-je balbutié, effrayée, alors que des éclairs livides passaient au-dessus de ma tête.

Mais j'ai aussitôt remarqué que doña Barbara était encore en train de se parler à elle-même.

– Les yeux bleus, si beaux. Et pas comme sur la photo. Si pleins de vie. Ce n'était pas le sexe, bien sûr que non. Ou pas seulement ça. C'était de savoir qu'il était l'autre part de moi-même et qu'il n'y avait rien d'autre dont j'aie besoin, ni eau, ni toit, ni même de respirer. Et ces après-midi-là, quand je le désirais avec une telle nécessité et un tel entendement, il n'y avait ni laideur, ni vieillesse, ni peur.

Les coups de tonnerre roulaient dans le ciel avec leurs roues carrées en organisant un vacarme épouvantable et rendaient parfois obscures les paroles de doña Barbara. Mais je l'écoutais avec une telle attention que je crois avoir tout entendu. Même sans comprendre.

– Je me souviens encore de sa peau. Chaude et douce, et si collée à la mienne. Son jeune corps, mon jeune corps. Et nos transpirations se mêlaient. Je me souviens surtout d'une émotion : me sentir vivante. Les ombres dorées d'une lampe à abat-jour. Une tombée du jour hivernale et bleutée de l'autre côté d'une fenêtre. Un matelas par terre. J'ai toujours été méchante, sauf avec lui. J'ai toujours été trop grande et maladroite, sauf avec lui. J'ai toujours été égoïste, sauf avec lui.

Doña Barbara a de nouveau tendu ses mains : sa peau ridée, mouchetée de grandes taches que l'eau assombrissait. L'orage commençait à se calmer.

– Malheureux celui qui n'a pas connu l'amour. Cette sorte d'amour. Cet abîme dans lequel on se jette joyeusement. Malheureuse la personne qui n'a jamais senti, ne serait-ce qu'un instant, qu'elle et son compagnon sont les deux seuls êtres humains qui aient jamais habité cette planète. Et malheureux ceux qui se sont une fois sentis comme ça. Parce qu'ils l'ont vécu et l'ont perdu. Je n'ai jamais été aussi belle ni aussi intelligente que je l'ai été pour lui : depuis, ma vie n'a cessé de sombrer. Et à présent, à présent que je suis à peine moi-même, à présent que j'oublie tout, pour mon malheur je ne peux toujours pas oublier cette agonie du désir et de la chair.

Le tonnerre a éclaté très loin, un petit bruit ridicule, comme une toux du ciel. Une pluie très fine tombait mollement maintenant. Doña Barbara a appuyé ses deux mains sur la rambarde du balcon et a penché en avant son profil effilé. Elle ne ressemblait plus à un buffle, mais à un oiseau sombre, un aiglon mouillé et puissant sur le point de déployer ses ailes. Mais alors que je m'attendais déjà à ce qu'il parte en volant, l'oiseau a lâché la rambarde, s'est retourné vers moi et a soupiré. Et alors j'ai pu voir qu'il s'agissait juste d'une vieille femme. De ma grand-mère.

La Naine avait été une déesse mais ne l'était plus. Car on peut être un dieu et ensuite cesser de l'être, tout comme on peut avoir la grâce et ensuite la perdre. Il n'y a rien de certain dans ce monde : à tout moment vous pouvez entendre sonner votre heure et perdre même ce que vous ne saviez pas avoir. C'est ce que disait Airelai. Et voici comment la Naine nous a raconté un jour son passé divin :

“Je suis née dans l'Est, comme vous le savez. Là où naît le soleil. Dans un monde de montagnes très hautes et de chemins très petits où les chèvres ont le vertige. C'est un monde très ancien : quand j'étais petite, le progrès n'y était pas encore entré. Les vallées sont pleines de temples. Des temples ouvragés en bois, ou ciselés dans la pierre. Avec des linteaux épais et des cours très sombres. Il y a beaucoup de dieux dans ces vallées. Plus de dieux que d'habitants. Et presque tous les dieux sont du type habituel, c'est-à-dire invisibles. Ou, tout au plus, ils ont une figure en pierre, ou une peinture pour les représenter. Mais il y a trois déesses vivantes, une dans chacune des trois plus grandes vallées de mon pays. Et la plus importante des trois est la Katami, et ce fut moi.

“Petite, j'étais très belle. Je ne voudrais pas pécher par immodestie, mais je suis encore jolie. Petite, j'attirais l'attention : il n'y avait pas dans mon pays d'autre enfant comme moi. Je venais d'avoir cinq ans quand la Katami précédente a saigné ses premiers sangs et perdu la divinité. Les prêtres sont sortis du temple à toute allure pour chercher une nouvelle déesse, à dos d'âne sur les petits chemins, et ils ont aussitôt eu vent de mon existence, car ma beauté était telle que les gens du pays en parlaient. Si bien qu'en peu de temps les prêtres sont arrivés chez moi, d'abord l'un, puis l'autre et ensuite le troisième, plus vieux et complètement chauve. Et ils ont commencé à me regarder et à me re-regarder sous toutes les coutures, car en plus d'être belle la Katami doit être dépourvue de défauts. Et donc, ils ont vérifié que je voyais bien, que j'entendais magnifiquement, que j'avais dix petits doigts avec dix ongles roses aux mains et aux pieds. Que ma peau était d'une seule couleur, sans taches ni lentigos. Que j'avais l'air en bonne santé, et que mon intelligence était au-dessus de la moyenne. J'étais juste d'une taille un peu réduite pour mon âge. Mais, après de longues cogitations, les prêtres ont décidé que ce petit détail, et c'est le cas de le dire, n'était pas réellement une imperfection. Et ils ont parlé avec ma mère, et ma mère a pleuré, et j'ai pleuré, et ils m'ont hissée sur leur âne et nous sommes partis.

“Je peux vous assurer que le travail de déesse est extrêmement ingrat. J'étais joliment vêtue, bien évidemment, avec du crêpe froufroutant, des soieries éblouissantes et des mousselines aussi délicates et transparentes que des ailes de libellules, le tout dans une gamme de tons qui allaient du grenat au safran, car le rouge est la couleur de la Katami. Et puis il y avait l'or, des kilos d'or répartis sur mon corps, en anneaux qui dansaient à mes doigts et qu'il fallait attacher avec de petits bouts de ficelle, et en pendeloques très lourdes qui me faisaient mal aux oreilles, et en bracelets à grelots pour les mains et les pieds qui tintinnabulaient à chaque mouvement, et en ceintures et pectoraux et anneaux pour le nez. Et en une coiffure compliquée qui, chaque jour, demandait des heures pour être refaite, avec de minuscules figurines creuses d'animaux enfilées dans mes cheveux. Je scintillais tout entière d'or dans la pénombre : car le temple de la Katami est une demeure obscure.

“Tous les jours, je me levais très tôt et les prêtresses m'habillaient et m'apprêtaient pendant des heures. Je déjeunais ensuite d'une nourriture saine et fade, puis commençaient les enseignements et la liturgie, des études et des rites qui se prolongeaient toute la journée. On me traitait bien, on essayait toujours de me faire plaisir et on m'autorisait de multiples fantaisies (des oiseaux exotiques, des marionnettes automates apportées de Chine, des grillons dressés), mais je me sentais très malheureuse. En sept ans, je ne suis jamais sortie du temple, un vieux palais sans fenêtres sur l'extérieur, qui s'ouvrait seulement, à travers un couloir, sur une cour obscure. Je n'avais pas d'amis de mon âge, et je n'ai pas revu ma famille. Ou, plutôt, je les voyais mais en bas, dans la cour, comme les autres fidèles, sans pouvoir leur parler. Je savais bien que la tristesse de ma vie de déesse faisait partie de mon destin, et que c'était la part de douleur que je devais payer pour conserver la grâce. Parfois, je regardais la croix de Caravaca de ma bouche dans le laiton poli d'un plateau (il n'y avait pas de miroirs dans le temple de la Katami, pour que les déesses ne soient pas écrasées par la splendeur de leur propre image), et je me sentais fière d'avoir choisi la connaissance même en dépit de la souffrance. Je n'ai jamais rien dit de ma grâce aux prêtres, car je savais que ce don qu'ils ne contrôlaient pas allait les inquiéter : les dieux sont toujours très jaloux quant à leurs pouvoirs, et les prêtres qui les servent le sont plus encore.

"De ces années resplendissantes et sombres, je me rappelle surtout les histoires qu'on m'a racontées : les enseignements du Grand Maître, qui était ce prêtre âgé et chauve. Il venait deux ou trois fois par semaine et je crois que, lorsque je l'écoutais, je me sentais heureuse. C'est lui qui m'a parlé du monde visible et de l'invisible, et de l'instabilité essentielle des choses, c'est-à-dire de la façon dont nous courons tous et toutes inévitablement vers la destruction. Et il m'a parlé des autres dieux, afin que, en tant que Katami, je connaisse bien ma parentèle. Il y avait des dieux de toutes sortes, m'a-t-il dit : des dieux colériques et des dieux bienveillants, agriculteurs et guerriers, de la fertilité et de la mort. Mais tous étaient des dieux parlants : par la parole nous étions en relation avec eux et avec la parole ils créaient des mondes. Et donc, au commencement était le verbe pour la plupart des divinités, et ce verbe s'est ensuite fait écriture car l'écriture est la Loi, et les dieux ont toujours eu l'ambition de donner un ordre au monde.

C'est pour ça que toutes les religions possèdent des livres sacrés. Et c'est pour ça qu'il y a eu des cas comme celui de Wotan ou Odin, le dieu du Nord et des glaces, qui s'est pendu à un arbre et a jeûné et souffert pendant longtemps, alors qu'il lui pleuvait et neigeait dessus et que le vent mordait sa chair transie, jusqu'à ce que sa pénitence soit finalement récompensée et qu'il obtienne la maîtrise de l'art des runes, c'est-à-dire le pouvoir magique de la parole écrite.

"Et pendant que le Grand Maître m'expliquait tout ça, je m'éduquais peu à peu et j'apprenais à lire et à écrire. Et pas seulement dans ma langue commune, la langue de la nourriture et la boisson et la guerre et l'amour, mais aussi dans la langue primordiale, celle de la substance des choses, celle qu'on utilise dans les incantations. Et je grandissais en sagesse mais pas en taille, parce que les années passaient et je restais aussi petite que quand j'étais entrée. Et quand j'ai commencé à voir la préoccupation se refléter dans les yeux des prêtres et des prêtresses, je me levais la nuit et je coupais, discrètement, un bout du bas de mes tuniques, pour que les autres croient de cette façon qu'elles devenaient trop courtes pour moi parce que j'avais grandi. Et ce stratagème les a rassurés pendant plusieurs mois, mais ils ont ensuite dû soupçonner quelque chose car ils se sont mis à emporter mes vêtements la nuit et à les cacher dans un coffre à double tour.

"Finalement la situation est devenue véritablement insoutenable, car j'avais atteint mes douze ans et non seulement je n'avais pas encore saigné, comme toutes les autres Katami l'avaient fait vers cet âge (dans mon pays, les femmes mûrissent tôt), mais qui plus est mon aspect continuait d'être exactement le même qu'au jour où j'étais entrée dans le temple. Les prêtres étaient épouvantés : ils avaient choisi une Katami défectueuse, un sacrilège dont on n'avait jamais entendu parler au cours des millénaires que durait l'histoire de la déesse. Ils ne savaient pas quoi faire de moi. Ils craignaient que je ne puisse jamais avoir mes règles et ils avaient raison, parce qu'il n'y a pas assez de place dans mon ventre minuscule pour les fleurs de sang de la fertilité.

“Soupçonnant cela, les prêtres imaginaient avec horreur qu’ils devraient porter à tout jamais la charge d’une Katami naine qui leur rappellerait à chaque instant l’erreur commise en me choisissant. Si bien qu’après de longues discussions, ils ont décidé d’agir de manière drastique. Une nuit, la prêtresse qui s’occupait de ranger mes vêtements dans le coffre est entrée et a égorgé une colombe sur moi, en tachant de son sang mon entrejambe et mes draps. Et puis elle m’a laissée là, sur le lit, sans que j’ose faire un geste, insomniaque et effrayée, avec le sang qui séchait sur mes cuisses et raidissait ma peau.

“Au petit matin, on est entré pour me lever comme tous les jours et, à la découverte des taches, le rite habituel de l’impureté a commencé, la liturgie finale de la Katami. On m’a dépouillée en douceur de mes vêtements fins et de l’or lumineux avec lequel on m’avait ornée pendant toutes ces années. On m’a donné une tunique en bon coton et une bourse de monnaies en cuivre : pas grand-chose. Et on m’a laissée à la porte du temple, dans la poussière de la rue. Tous se sont comportés comme s’ils croyaient vraiment que ce sang était le mien et non celui de la colombe. Peut-être qu’il y avait des prêtresses et des prêtres qui ignoraient le truc, ou peut-être qu’ils ont préféré croire la narration mensongère du fait que le fait lui-même. Car le récit d’un événement est souvent plus réel que la réalité.

“Je suis retournée chez moi et ma famille m’a accueillie affectueusement. Mais les anciennes Katamis suscitent l’inquiétude chez leurs voisins et aucun homme n’osera jamais se marier avec elle, parce qu’ils ont peur de mourir foudroyés s’ils font l’amour avec une ex-déesse. De sorte que personne ne me parlait, personne ne me souriait, personne ne s’approchait de moi. Jusqu’à ce que je me lasse de supporter des silences craintifs et des regards fuyants, et que je parte avec des marionnettistes qui jouaient dans les royaumes des montagnes et qui m’exposaient comme la plus petite femme du monde. Des marionnettistes je suis passée à des forains, et des forains à un cirque, dans l’Ouest déjà. Et dans ce cirque j’ai appris la magie de scène, qui n’est pas de la magie réelle, mais de l'illusionnisme : la routine des cordes qu'on coupe et qu'on ne coupe pas, des poignards qu'on plante et qu'on ne plante pas, des cartes qui apparaissent et disparaissent. Les trucs que j'ai faits avec votre grand-père et que vous m'avez vu répéter avec Segundo.

"Quand j'étais Katami, je devais toujours être à la disposition des fidèles. Les croyants venaient au temple à n'importe quelle heure et faisaient une offrande de pétales de fleur, de blé, d'encens. Les pèlerins, et ceux qui avaient fait un vœu, payaient quelques pièces, à volonté, juste ce qu'ils avaient et pouvaient, et demandaient à me voir. Alors on les faisait entrer dans la cour intérieure, étroite et sombre, aux grandes dalles de pierre humides et dévorées de moisissure. Et ils attendaient là patiemment que j'apparaisse par une petite fenêtre du premier étage, entre les jalousies en bois ouvragé du couloir. Et j'apparaissais : ruisselante de soie rouge, étincelante d'or. Je m'accrochais au rebord et je les contemplais, impavide, consciente de ma divinité, leur accordant la grâce de mon regard. Et eux, mes fidèles, m'adoraient : dans le puits obscur de cette cour en pierre ils m'invoquaient avec l'amour intense de la nécessité. Ils levaient vers moi leurs yeux, et leurs mains, et leurs cœurs, toujours en demandant quelque chose. Ils murmuraient mon nom encore et encore et en me nommant, je le sais, ils me faisaient déesse. Tous les êtres humains ont en eux la possibilité d'être divins et celle aussi d'être diaboliques. Dans cette cour sombre et lugubre, j'ai réussi à être une déesse. Dans d'autres circonstances, je ne sais pas si je vous les raconterai un jour, je me suis transformée en diable."

Depuis cette rencontre avec le Portugais, je ne sortais plus dans la rue. Je ne sortais plus, je ne mangeais plus, je ne dormais plus et je ne respirais presque plus. J'étais terrorisée. Quand grand-mère ou Amanda me confiaient une commission, j'essayais d'abord de la passer à Chico, et si j'échouais et n'avais pas d'autre solution que de m'acquitter de la commande, je faisais tout le trajet au pas de course et en regardant derrière moi par-dessus mon épaule pour voir si quelqu'un me suivait. La scène dans la maison du Portugais m'avait plongée dans une espèce de paralysie : je ne l'avais racontée à personne, et je ne m'étais pas mise à rechercher l'argent, comme l'homme l'ordonnait. Je restais immobile à attendre que le ciel s'effondre sur ma tête et la seule chose qui demeurait vivante en moi, c'était ma peur. Et ainsi passaient les jours et nous étions de plus en plus proches de la fin du monde.

Jusqu'à ce qu'arrive, en effet, le jour fatidique. Car s'il y a quelque chose de certain dans ce monde incertain, c'est que le temps passe toujours et que la fin nous rattrape toujours. Et, donc, on a frappé un matin à la porte. C'était une heure innocente, onze heures, peut-être douze, l'heure à laquelle viennent les employés du gaz et les facteurs, et Amanda a ouvert sans réfléchir. Je l'ai vue depuis l'autre bout du couloir, j'ai vu Amanda faire un pas en arrière et son corps se durcir, et j'ai su dès cet instant que quelque chose allait mal. Une seconde après, les visiteurs ont franchi le seuil et j'ai pu les reconnaître : c'étaient le Portugais et l'Homme Requin. Ils se sont plantés au milieu de l'entrée, les jambes écartées et de petits sourires froids sur leurs bouches terribles. Amanda a levé les mains vers son visage et les a laissées pendre mollement à mi-chemin, comme elle le faisait toujours.

– Bonjour, a dit le Portugais d'une voix douce et mielleuse. Segundo est là ?

Amanda a fait non de la tête.

– Bon, a dit l'Homme Requin en montrant ses dents jaunes. Alors on va rester l'attendre ici.

Et il a tendu son bras et, très naturellement, a refermé la porte d'entrée derrière lui. Ce geste a semblé rendre la parole à Amanda :

– Il… il ne va pas venir, a-t-elle marmonné.

– Tu as entendu, Portugais ? a ironisé l'Homme Requin. Elle dit que Segundo ne va pas venir.

– Comme c'est dommage, a dit l'autre en poursuivant la blague. Avec l'envie qu'on avait de le voir.

À ce moment-là il s'est retourné et m'a découverte :

– Tiens donc, mais c'est mon amie qui est là…

Il est venu vers moi. J'ai fermé les yeux : Baba, qu'il n'arrive pas, Baba, qu'il se volatilise au milieu du couloir. Qu'un trou s'ouvre dans le sol. Que la maison disparaisse. Que nous mourions tous. J'ai senti une main de fer sur mon avant-bras. J'ai ouvert les yeux et à deux centimètres de mon visage le Portugais était en train de pourlécher sa lèvre cassée.

– Je t'ai attendue. Tu m'as laissé tomber. C'est pas bien, a-t-il dit avec douceur.

Amanda virevoltait vainement au-dessus de son épaule, comme un moineau angoissé qui essaie d'empêcher qu'on lui vole les œufs de son nid :

– Allez-vous-en… Qu'est-ce que vous venez chercher… Laissez-nous tranquilles… Lâchez la petite… Je vais appeler la police, pleurnichait-elle dans un filet de voix.

Ils ne l'écoutaient même pas. J'ai vu l'Homme Requin arracher le téléphone du mur et commencer ensuite à tout fouiller systématiquement : le comptoir de la réception de l'ancienne pension, le boîtier encastré de l'électricité. Je n'ai pas pu voir davantage parce que le Portugais m'a soulevée dans les airs d'un seul bras. J'ai hurlé.

– Où est-il ? a-t-il grogné. Qu'on en finisse une fois pour toutes, ça commence à me fatiguer.

– Je ne sais rien, je ne sais rien ! ai-je pleuré.

Tout était très confus. Je crois qu'Amanda a essayé de me délivrer et je crois que le Portugais l'a fait tomber d'une seule claque de sa main libre, parce que j'ai vu Amanda assise par terre au milieu d'un tas de chats : l'Homme Requin avait dû ouvrir la porte de la chambre des félins. Et il y avait aussi Airelai, que le tapage avait dû réveiller de son sommeil diurne. Tout le monde criait, probablement que moi aussi, et nous étions maintenant côte à côte, Amanda, Airelai et moi, et l'Homme Requin nous interrogeait une fois de plus à propos de ce satané argent.

Tout à coup, il s'est fait un silence si complet que j'ai pu entendre les assauts furieux de mon cœur contre mes côtes. Au début je n'ai pas compris pourquoi tout le monde était devenu si tranquille, puis j'ai suivi le regard des deux hommes et j'ai rencontré l'imposante silhouette de ma grand-mère. Doña Barbara était dans le vestibule, à côté de la porte de sa chambre, vêtue d'une robe vert foncé, osseuse, toute droite, laissant glisser son regard menaçant sur l'arc de son nez puissant. Je n'ai pas été étonnée que les hommes s'en soient trouvés paralysés : à moi aussi sa présence me glaçait le sang.

– Allons... a souri le Portugais, et en faisant cela sa cicatrice violette et rose se tordait. Vous n'allez pas nous faire peur avec ce joujou...

Alors j'ai découvert que grand-mère tenait dans sa main un pistolet. Petit, très petit, et argenté.

– Ce machin n'est pas un vrai... Et en plus tu ne vas pas tirer, n'est-ce pas, grand-mère ? a dit l'Homme Requin.

– Bien sûr que non... a dit le Portugais.

Mais il était évident qu'il pensait que oui, qu'elle pouvait le faire. Il a essuyé ses mains sur son pantalon, s'est raclé la gorge :

– Bon... On s'en va.

Les deux hommes ont lentement marché le long du couloir, en se dandinant avec autant de fierté que si c'était un défilé et qu'ils attendaient les applaudissements nourris des spectateurs. Ils sont passés à côté de grand-mère sans la regarder et ont ouvert la porte. Avant de sortir, le Portugais a lissé ses rares cheveux, il a tâté les pans de sa veste à la recherche d'un fil invisible, il s'est attardé sans raison évidente pendant un temps interminable. Puis il a regardé la duchesse Inés García Meneses, une grosse chatte à la queue pelée qui était sortie dans l'entrée pour voir la cause de tout ce bruit, et il a dit, menaçant et en détachant chaque syllabe :

– On reviendra.

Et il est parti à la suite de l'Homme Requin. La Naine a couru fermer la porte et a tiré le verrou. Chico est sorti de sous le canapé de la chambre du canapé, où il était resté caché. Grand-mère a baissé son pistolet. Amanda s'est mise à pleurer. J'ai respiré. Et pendant un bon bout de temps, chacun de nous n'a rien fait d'autre que cela, Airelai s'appuyer contre la porte tout juste refermée, doña Barbara viser le sol, Chico demeurer accroupi à côté du canapé, Amanda hoqueter et moi respirer. Enfin la Naine a parlé, sans bouger, d'une voix rauque :

– Ils reviendront.

Les gémissements d'Amanda ont redoublé.

– L'autre fois, tu ne l'avais pas laissé partir, a ajouté Airelai.

– L'autre fois, il n'y en avait qu'un. Et j'étais plus jeune, a répondu doña Barbara.

– Et puis il y avait Maximo, a dit la Naine dans un murmure.

Grand-mère a lentement acquiescé :

– Oui… il y avait Maximo.

Elle a soupiré et rangé son petit pistolet dans une poche de sa robe de grand-mère :

– Mais s'ils veulent la guerre, ils auront la guerre, a-t-elle dit en haussant le ton. Je suis encore une ennemie dangereuse.

Depuis que la guerre avait été déclarée, nous sortions beaucoup. Doña Barbara mettait un entêtement particulier à ce que l'ennemi nous voie mener une vie normale et, par conséquent, nous faisions un tas de choses anormales que nous n'avions jamais faites auparavant, comme de nous promener tous ensemble ou manger des glaces au magasin de Rita. C'était ce que grand-mère appelait "une démonstration de force".

– En définitive, toutes les guerres se gagnent grâce à la pression psychologique, répétait-elle.

Mais elle portait toujours sur elle son ravissant petit pistolet et avait fait renforcer la porte de la maison avec une alarme et des serrures blindées.

Quelques jours après le début des hostilités, des politiciens de la ville sont arrivés dans le Quartier. Ils venaient inaugurer un parc ou, plutôt, l'ouvrir. C'était dans l'est du Quartier, à l'endroit des vergers secs et des champs de chardons. Il y avait là-bas une grande bâtisse que j'avais vue dans mes vagabondages : elle avait des murets en pierre qui se prolongeaient sur des centaines de mètres et qui renfermaient un parc exotique qui avait été la marotte d'un noble désormais mort. Le manoir était à l'abandon et presque en ruine, mais le parc avait été entretenu avec soin et les politiciens l'ouvraient maintenant à la population. C'était un peu loin pour doña Barbara, qui n'aimait pas trop marcher, mais comme nous étions en pleine offensive psychologique il avait été décidé que nous irions le voir. Même la Naine s'est jointe à l'expédition, bien que ce jour-là elle ait à peine disposé de temps pour dormir.

Nous sommes arrivés là-bas en milieu d'après-midi, quand les cérémonies étaient déjà finies et que le soleil cuisait les champs poudreux. Nous sommes arrivés et nous sommes entrés, et ç'a été comme se plonger dans une mer végétale. Je crois que jamais auparavant je n'étais allée dans un endroit aussi beau. Des arbres énormes qui susurraient sur nos têtes, de petites collines vertes et moussues, des fougères frémissantes, un ruisseau qui tombait dans un lac. Nous nous sommes assis sur la berge, sous un châtaignier, dans la pénombre fraîche et parfumée.

– Regardez l'eau, a dit grand-mère.

Nous l'avons regardée. Devant nous, la surface de l'étang brûlait comme un feu doré. Nous à l'ombre et le soleil qui nous lançait des étincelles depuis l'eau.

– C'est comme la mer, a murmuré doña Barbara. Elle aussi paraissait impressionnée par l'endroit.

Il y avait pas mal de monde, mais pas au point d'être gênant. Sur la droite, deux adolescents s'embrassaient. Au fond, une jeune femme était allongée dans l'herbe avec un bébé presque nu endormi sur son estomac. À gauche, un chien noir barbotait joyeusement sur la berge à la recherche d'une grenouille. Il l'a trouvée, l'a sortie de l'eau et s'est secoué avec enthousiasme, et un million de gouttes ont brillé dans l'air autour de lui. Ça ne ressemblait pas au monde. Ça ne ressemblait pas au Quartier.

Mais ça l'était, car nous avons subitement vu le Portugais. Au début, nous avons cru qu'il nous avait suivis et nous avons sursauté. Mais nous avons tout de suite remarqué sa surprise : lui non plus ne s'attendait pas à nous trouver là. Il venait de l'autre côté des arbres et marchait d'un pas rapide vers la sortie du parc : les sourcils froncés, avec sa cicatrice violacée et sa dent en or luisante. Quand il nous a reconnus, il a pressé le pas : derrière lui, courant presque, il y avait la femme pâle à l'oreille coupée, plus pâle que jamais, presque livide, l'enfant serré contre sa poitrine. Tous deux sont passés près de nous, sont sortis du parc par la grille de derrière et se sont perdus dans les étendues calcinées et désertiques. Où pouvaient-ils bien aller de ce côté-là, qu'est-ce qui pouvait bien les conduire vers cette terre sèche et abandonnée.

Je me suis allongée sur le dos. Les herbes piquaient mon cou, mes oreilles, mes bras nus, mes jambes. Au-dessus de ma tête, il y avait une dentelle de feuilles vertes et de petits morceaux de ciel. Le silence était plein de rumeurs et l'air d'odeurs : le parfum du bois, des ombres et de la chaleur. Les allées ensoleillées de l'enfance.

– Allons voir l'autre partie de l'étang, a dit Amanda.

– Non, non... Attendez encore un peu, a répondu doña Barbara.

Grand-mère ne pouvait jamais s'en aller des endroits qui lui plaisaient. Alors que nous autres nous nous promenions, nous fouinions et découvrions, elle restait toujours collée à la première pierre, avide et méditative. Airelai disait que c'était parce qu'elle ne pouvait pas supporter la perte des beaux moments, et que, chaque fois qu'elle abandonnait un paysage qui l'émouvait, elle se sentait un peu plus proche de sa mort. Maintenant elle était là, accrochée au premier châtaignier de la première colline de la première berge que nous avions rencontrée dès que nous étions entrés dans le parc. Et le temps passait et elle ne bougeait pas. Chico et moi, Amanda et la Naine sommes allés voir le reste de l'enceinte. Nous avons pas mal ri, attrapé un grillon, et Chico est tombé dans l'eau, et lorsque nous sommes revenus à la première berge, grand-mère était toujours dans la même position, comme un sphinx.

Je me suis assise à ses côtés. Le jour déclinait, la terre sentait la chair tiède et les herbes tremblaient sous mes doigts. J'ai regardé doña Barbara : sur sa joue glissait une larme transparente et ronde qui reflétait, à l'envers, la rondeur du monde.

– Pourquoi est-ce que vous pleurez ? ai-je demandé.

– Parce que je me souviendrai de tout ça lors de mon dernier instant.

Et je ne l'ai pas comprise, parce que même si en ce temps-là j'avais déjà découvert ce qu'était la mort, lors de cet après-midi si beau je l'avais oublié.

Après la visite du Portugais et de l'Homme Requin, la Naine, qui avait remarqué que je taisais quelque chose, m'a prise à part et m'a fait lui raconter tout ce que je savais. Je lui ai parlé de mes escapades dans le Quartier, de l'épisode des Petites Maisons et des exigences et menaces du Portugais. Airelai écoutait tout avec une extrême attention et formulait de temps à autre une question précise pour éclaircir un détail. Quand j'ai eu fini de parler, elle est restée songeuse un bon moment.

– Tu pourrais reconnaître la baraque du Portugais ? a-t-elle finalement demandé.

– Bien sûr que oui, me suis-je étonnée.

– Et tu serais capable de me conduire là-bas ?

– Non, non ! Il nous tuera.

– Ne t'inquiète pas, je n'ai pas l'intention de te mettre ni de me mettre en danger. Je veux juste jeter un coup d'œil et vérifier certaines choses. Nous irons la nuit, quand personne ne nous verra. Et en plus nous porterons une incantation, un talisman très puissant et très ancien, qui veillera sur nous et damnera ce malotru. N'aie donc aucune crainte, car nous serons protégées par la magie.

Voilà ce qu'a dit la Naine et elle ne m'a pas beaucoup convaincue, parce que la peur que j'avais du Portugais était, en ce temps-là, plus grande que ma foi. Mais, tout en préparant avec soin notre escapade (personne ne devait l'apprendre), Airelai a commencé à m'expliquer les différentes sortes de sortilèges qui existaient. Et c'est ainsi qu'elle m'a parlé des sortilèges premiers, qui ne ratent jamais et dont l'efficacité avait été irréfutablement prouvée depuis des siècles, mais dont aucun magicien ne devait abuser, car ils étaient si puissants qu'ils absorbaient une pincée de la substance vitale de l'utilisateur. Ensuite il y avait les sortilèges seconds, et troisièmes, et quatrièmes, et même les petits sortilèges non numérotés, populairement connus comme *baisers de sorciers*, qui étaient de la sorcellerie de bas étage qui ratait souvent, mais qui avaient l'avantage de ne pas laisser de trace dans la conscience ni dans la mémoire du sorcier.

– Pour que tu me comprennes : un sorcier qui pendant toute sa vie n'aurait fait que de petits sortilèges serait aussi innocent qu'un enfant, m'expliquait la Naine. Mais, bien sûr, de tels sorciers n'existent pas.

Je l'écoutais fascinée et j'étais de plus en plus persuadée de son pouvoir. Et quand elle m'a dit que, pour notre terrible voyage aux Petites Maisons, elle allait utiliser un sortilège premier, j'ai perdu la peur et les doutes que j'avais, et j'ai été convaincue que notre incursion avait pour but d'ensorceler ce maudit Portugais et de le réduire en bouillie, en en finissant comme ça une bonne fois pour toutes avec cette guerre.

Deux ou trois jours plus tard, Airelai a décidé que nous irions cette nuit-là aux confins du Sud. Après le dîner, la Naine a préparé une délicieuse infusion aux herbes que tous ont prise volontiers, sauf elle et moi. Et peu après Chico, Amanda et doña Barbara marchaient dans la maison en bâillant, avec l'envie d'aller au lit, car l'infusion contenait de la valériane et d'autres herbes et racines secrètes qu'Airelai y avait mises et qui procuraient un sommeil doux et paisible. J'ai donc fait semblant de me coucher comme les autres et la Naine s'est mise à s'arranger comme elle le faisait chaque soir, avant de partir pour là où elle se rendait la nuit. Mais au bout d'un moment tous étaient en train de ronfler et j'ai pu me lever sans aucun problème.

J'ai trouvé Airelai dans sa chambre, assise sur une malle, en train d'écrire l'incantation sur un bout de papier. C'était un papier très bon, épais, vaguement jaunâtre, et il était habilement découpé en forme d'étoile à cinq branches. Dans le cœur de l'étoile, la Naine a écrit les mots suivants :

S A T O R

A R E P O

T E N E T

O P E R A

R O T A S

Elle a ensuite plié le papier et l'a mis dans la poche du minuscule pantalon noir et serré qu'elle portait.

– Voilà. Il ne peut plus rien nous arriver.

– Pourquoi est-ce qu'on peut le lire dans tous les sens ? Et pourquoi est-ce qu'on ne comprend qu'un seul mot ? ai-je demandé, excitée.

– En réalité, tu ne comprends même pas ce mot-là, bêtasse : ce n'est pas celui que tu crois, parce que cet envoûtement est en latin, qui est l'une des langues nobles pour la magie. Les deux autres sont l'arabe et l'hébreu. Mais ne cherche pas à en savoir autant : c'est dangereux. Il te suffira de savoir que c'est un très bon sortilège, de première qualité. Nous sommes bien protégées.

Convaincues de cela, nous sommes sorties dans la rue et j'ai conduit Airelai sans hésitation à travers le Quartier ténébreux. La Naine allait toute de noir vêtue et moi, qui ne disposait pas d'habit de cette couleur, je portais un jean et un tee-shirt bleu marine. Je me sentais protégée par l'envoûtement et par les ombres de la nuit. Nous marchions dans les rues sombres sans faire de bruit, comme deux lambeaux de brume et de ténèbres.

Nous sommes bientôt arrivées à la hauteur de la rue Violette, qui maintenant dans la nuit était bel et bien violette et resplendissait d'une lumière glacée et fantasmatique. Je me suis arrêtée à l'angle, sans entrer : les trottoirs étaient pleins d'hommes.

– Que fais-tu ? Viens, continue d'avancer, a grogné la Naine.

– Si nous coupons par là, ça raccourcirait beaucoup.

– On ne peut pas entrer dans cette rue la nuit, tu ne l'as donc pas encore appris ?

– Pourquoi est-ce qu'on ne peut pas ? Pourquoi est-ce qu'elle a cette lumière ?

– Toi, tu veux en savoir des choses, s'est moqué la Naine. Toi, tu veux tout savoir et c'est impossible. Pour survivre, il faut toujours garder un secret. Maintenir une part cachée, qui est justement ce qu'on est véritablement. Parce que notre apparence extérieure répond à ce que les autres connaissent de nous, mais en réalité nous sommes ce que les autres ne savent pas que nous sommes. Et donc je suis avant tout ce que tu ne sais pas de moi, de la même façon que Jack l'Éventreur était, avant tout, Jack l'Éventreur, même si dans le monde il était, à ce qu'on raconte, un parent de la reine d'Angleterre.

Je me suis retrouvée à ruminer, impressionnée, les paroles d'Airelai, parce que j'ai eu peur que toutes les personnes ne cachent un éventreur à l'intérieur d'elles-mêmes. En songeant à tout cela, les minutes sont passées sans que je les ressente et, quand j'ai bien voulu m'en rendre compte, nous nous trouvions à l'extrémité du Quartier, à côté des terrains sablonneux et des décharges. Par ici il n'y avait plus de lampadaires, si bien que la Naine a sorti une petite lampe de poche. Dans la nuit, les collines de gravats et de détritus paraissaient plus grandes et l'odeur de pourriture plus intense. Tout ce que la lampe éclairait était désagréable et sale : des pneus crevés, des boîtes de conserve poisseuses, des substances malodorantes et indicibles. Le monde s'était transformé en un cauchemar de poubelles et de déchets, et nous marchions, perdues, dans ce mauvais rêve. Mais l'envoûtement nous donnait des forces pour continuer de marcher.

Nous avons enfin atteint la côte, éteint la lampe de poche, et nous nous sommes arrêtées pour regarder à nos pieds les Petites Maisons. Le campement de baraques paraissait dormir mais il y avait quelques lumières, aucune très brillante. En faisant bien attention, on voyait déambuler des ombres. À mesure que nos yeux se sont habitués à l'obscurité, nous avons pu voir que presque tous les gens se dirigeaient vers le même endroit du hameau ou en venaient. Beaucoup étaient seuls et d'autres allaient deux par deux, mais on n'aurait pas dit qu'ils se parlaient. Ils sortaient comme des spectres des terrains vagues remplis d'ordures, passaient devant nous sans nous regarder, descendaient le terre-plein en trébuchant et se dirigeaient vers cet endroit précis du hameau qui avait l'air de susciter tant d'intérêt. Peu après on les voyait partir à toutes jambes : quelques-uns montaient de nouveau la côte et se perdaient dans la nuit, mais d'autres se laissaient tomber par terre dès qu'ils avaient franchi la dernière ligne de baraques et là, à côté d'un évier cassé avec un robinet, ils manipulaient quelque chose la tête baissée pendant un long moment. Une femme est apparue à la fenêtre de la demeure la plus proche : elle a crié une insulte, menacé de son poing les ombres à tête basse près de l'évier, leur a jeté, l'un après l'autre, deux objets contondants, je ne sais si deux pierres ou deux boîtes de conserve. Mais les types sont restés recroquevillés à s'occuper de leurs affaires. Les jurons de la femme ont résonné dans la nuit chaude et le fenestron s'est ensuite refermé d'un coup. L'obscurité et le silence sont de nouveau tombés sur nous.

– Je vois, a dit la Naine. Laquelle est la maison du Portugais ?

– Elle est par là. Il faudrait descendre.

– Eh bien, descendons.

– Comment ?

– Eh bien, tout naturellement. Comme tu peux le voir, il y a pas mal de gens, a répondu Airelai.

Et elle s'est mise debout et a commencé à descendre le terre-plein. Je me suis empressée de la suivre, parce que rester seule et loin de l'envoûtement qu'Airelai portait dans sa poche m'épouvantait. Nous sommes passées à quelques mètres de l'évier et personne ne nous a regardées. Nous sommes entrées dans le hameau et un vieillard aux cheveux blancs avec une canne en bois a craché avec mépris à nos pieds.

– Et des nains maintenant, a-t-il grommelé.

Airelai n'a pas bronché, si bien que moi non plus. J'étais en train d'essayer de me souvenir du lieu exact de la maison du Portugais. Ce n'était pas facile, parce que toutes les baraques se ressemblaient. J'ai commencé à soupçonner que je n'allais pas pouvoir reconnaître l'endroit.

– Suivons celui-ci, a murmuré Airelai.

Elle voulait parler d'un type qui avait descendu la côte peu avant nous. Nous nous sommes mises derrière et nous avons avancé à travers le hameau obscur. Il n'y avait pas de lumières, mais il y avait des yeux et ces yeux nous regardaient, brillants dans les ténèbres, depuis les portes ouvertes des baraques : il faisait trop chaud pour fermer les maisons. Je m'attendais tout le temps à ce que quelqu'un nous crie que nous étions des intruses, que quelqu'un nous arrête, que quelqu'un nous fasse partir, que ces yeux sortent et nous foudroient. Mais personne ne bougeait dans la nuit poisseuse et malodorante.

L'homme que nous suivions, mince et avec une chemise verte à manches longues, est arrivé devant une porte qui elle, oui, était fermée. Il a frappé trois coups, a murmuré quelque chose. Le battant s'est ouvert et un couteau de lumière est tombé sur le sable sale du hameau. L'homme est entré, la porte s'est refermée dans son dos.

– C'est celle-là, la maison du Portugais ! ai-je dit en criant presque, excitée par cette découverte.

– Tu en es sûre ?

– Oui, oui ! Je crois que c'est sa femme qui a ouvert.

La porte s'est de nouveau ouverte et le type en chemise verte est sorti, et cette fois nous avons pu voir le Portugais en plein seuil, sous la lumière.

– Nous allons rester ici un petit moment, a dit la Naine.

Nous étions cachées derrière le squelette rouillé d'un frigidaire cassé : un bon endroit, vu que nous étions petites. De là, nous dominions l'entrée de la baraque et nous avons pu voir le flux des visiteurs que le Portugais avait. Presque tous étaient des hommes et en général avaient l'air jeunes, même si quelques-uns avaient un aspect exténué et malade. Nous sommes restées à observer le manège pendant un bon moment et les visiteurs ne restaient jamais plus de quatre ou cinq minutes dans la baraque.

– C'est tout vu, a dit la Naine. Nous pouvons nous en aller.

J'ai été étonnée qu'Airelai ne fasse aucun tour de magie, ne sorte pas le talisman de sa poche et n'invoque pas des éclairs et des orages sur la tête du Portugais, mais j'ai supposé que l'envoûtement était terminé et que la Naine avait formulé la malédiction en son for intérieur. Nous nous sommes donc levées et nous avons rebroussé chemin à travers les ruelles misérables et débordantes d'yeux, nous avons monté le terre-plein et nous nous sommes arrêtées hors d'haleine au sommet de la côte.

– Il ne nous est rien arrivé, me suis-je émerveillée.

Et la Naine a répondu :

– Bien sûr que non.

Mais il m'a semblé remarquer dans son ton exultant une note de soulagement. Avant de rentrer à la maison, nous avons parcouru le bord du terre-plein en contemplant d'en haut la perspective des Petites Maisons, comme des généraux qui se délectent d'observer le campement de l'ennemi vaincu. Nous marchions sans lumière : la pleine lune commençait à filtrer son éclat entre les nuages et posait des reflets liquides sur les toits en tôle. J'étais en train de regarder ces toits quand j'ai trébuché contre quelque chose et je suis tombée à plat ventre par terre. Ou plutôt sur une forme sombre et molle. Au premier coup d'œil, j'ai réussi à distinguer une oreille pâle parmi les ombres : un être humain. J'ai hurlé alors que j'étais encore à quatre pattes et Airelai a couru me couvrir la bouche.

– Tais-toi ! Qu'est-ce qu'il y a ?

Je n'ai pas eu à répondre car la forme a imposé sa présence. Airelai l'a poussée de la pointe du pied : elle était rigide. À ce moment-là, la pleine lune est apparue tout entière : les collines de poubelles ont brillé, comme si quelqu'un avait incrusté des bijoux dans la crasse. Sous cette lumière livide et métallique, le cadavre avait l'air plus misérable encore. C'était un petit corps recroquevillé sur lui-même. Airelai s'est penchée et l'a retourné. Il a pivoté, les genoux pliés, comme s'il était tout en bois. J'ai aussitôt reconnu ses yeux plissés et charnus, dépourvus de cils et maintenant aussi d'expression. Mort, il ressemblait davantage à un enfant. En le voyant comme ça, si vulnérable et si petit, je me suis étonnée d'en avoir eu peur. Il portait encore une seringue accrochée dans son bras et son tee-shirt était raide de sang séché. La Naine s'est agenouillée à côté de lui et lui a fermé les yeux, mais l'une de ses paupières épaisses et obstinées s'est rouverte. Airelai a tendu la main pour la lui baisser de nouveau mais à mi-chemin elle a paru changer d'idée et s'est levée.

– Allons-nous-en, a-t-elle dit dans un frisson.

Un bruit colossal a retenti à cet instant et sur le grillage de l'aéroport, juste au-dessus des Petites Maisons, est apparue la gueule d'un avion qui venait de décoller, un vaisseau resplendissant et énorme qui grandissait et grandissait au-dessus de nous et avançait dans l'air millimètre par millimètre avec une lenteur miraculeuse. Cet oiseau de fer mugissait sur nos têtes en occupant tout le ciel, comme un dragon de nuit, comme une baleine argentée sous la pleine lune, en laissant glisser sur nous sa panse puissante et métallique, si proche qu'on avait l'impression de pouvoir la frôler rien qu'en tendant le bras. Mais jamais nous n'aurions osé toucher ce dieu de l'air et de l'obscurité, ce beau monstre haletant qui s'est élevé en crépitant dans la mer des cieux, au-dessus de la Naine et de moi et de l'unique œil ouvert du garçon.

Peut-être doña Barbara avait-elle pressenti que cette nuit allait être cruciale ou peut-être savait-elle déjà à propos de Segundo. Quoi qu'il en soit, avant que nous ne sortions de la maison, elle m'a appelée dans sa chambre et m'a demandé de lui agrafer le col de sa robe en soie grise. Un service dont elle n'avait pas besoin, parce que je l'avais vue mettre cette robe à d'autres occasions sans l'aide de personne. Je suis montée sur une chaise, j'ai fermé les agrafes et lissé un peu les dentelles.

– Voilà.

Grand-mère s'est retournée et a pris mon menton dans sa main dure et froide.

– Tu as grandi, a-t-elle déclaré. Et ton visage a changé.

Elle me regardait aussi fixement que si elle avait dû reproduire ensuite mes traits de mémoire sur du papier. Mais en même temps elle ne semblait pas me voir. Elle m'a lâchée et s'est mise à rechercher quelque chose dans un tiroir de la commode.

– Tu es heureuse avec nous ? a-t-elle dit.

C'était une question très difficile et je me suis mise à y réfléchir péniblement mais, quand je suis finalement arrivée à une conclusion, je me suis rendu compte que ma grand-mère n'attendait pas de réponse. Elle continuait de sortir des mouchoirs et de remuer des petites boîtes dans la commode. À la fin sa main s'est refermée sur quelque chose.

– Je veux te faire un cadeau. Un très beau cadeau. Un vrai cadeau. De ceux dont on se souvient.

Elle a ouvert son poing et dans sa paume a resplendi une goutte d'eau. C'était une petite sphère en verre, claire et transparente comme l'air, mais il y avait en son cœur une tache chatoyante et trouble, un minuscule tourbillon laiteux. La boule pendait à une longue chaîne en argent noircie par l'absence d'usage.

– C'est ravissant, ai-je admiré.

– Mets-la. Et porte-la toujours. Et souviens-toi de moi quand tu la regarderas.

La chaîne était si longue que j'ai dû faire un tour autour de mon cou. La sphère était lourde, bien qu'elle soit si petite, et restait froide même si la température était suffocante. Elle m'a paru très élégante, l'accessoire parfait pour une nuit de fête. Parce que, cette nuit-là, c'était la fête du Quartier et une kermesse avait lieu sur la Place Haute, en face du magasin de Rita. Encore plongée dans la stratégie belliqueuse de nous faire voir, grand-mère avait décidé que nous nous rendrions à la kermesse. Pour elle cette sortie n'était qu'une escarmouche de plus, mais pour moi c'était ma première fête publique et nocturne. J'étais émue.

Nous sommes sortis après le dîner, Amanda, Chico, doña Barbara et moi, tous tirés à quatre épingles. La rue principale du Quartier était ornée de guirlandes en papier et de banderoles et n'avait pas l'air aussi laide que durant le jour. Quant à l'esplanade de la place, elle était elle aussi toute décorée et on avait placé des projecteurs pour l'éclairer. Dans un coin, il y avait un petit manège où Chico a immédiatement traîné Amanda. On avait également monté deux stands de tir, une tombola et une vente de beignets. De plusieurs haut-parleurs accrochés en haut d'un mât sortait une musique étourdissante.

– Moi, je vais m'asseoir par là. Vous autres, faites ce que vous voulez, a dit doña Barbara.

À côté du mur, il y avait deux ou trois bancs et quelques chaises pliantes, et il en restait encore des libres. Je suis allée vers le manège, à la recherche de Chico et d'Amanda, et en chemin j'ai rencontré Airelai. Elle est apparue comme un spectre entre les jambes des gens, s'est agrippée nerveusement à mon bras et a approché ses lèvres de mon oreille :

– Tu n'as plus à avoir peur du Portugais, a-t-elle murmuré. Et encore moins de l'Homme Requin.

Ayant dit cela, elle a de nouveau disparu dans la foule, en me laissant intriguée et troublée. Il y avait beaucoup de monde, des gens que je connaissais de vue et d'autres qui m'étaient complètement nouveaux. Les enfants hurlaient et jouaient à trappe-trappe, les adultes parlaient ou dansaient. Moi aussi, j'ai hurlé et joué à trappe-trappe avec Chico et d'autres enfants, et nous avons chanté et crié jusqu'à nous en casser la voix. Une sorte de trêve générale fonctionnait et les bandes des diverses zones se supportaient mutuellement sans s'attaquer, même si elles restaient groupées dans différents coins de la place et se gardaient bien d'inviter à danser les filles appartenant au clan ennemi. Même en cette nuit de bringue, les vieux codes fonctionnaient encore et pour profiter de la fête sans contretemps il fallait savoir les règles non dites. Mais Chico et moi, nous les connaissions bien, de sorte que nous avons joué et nous avons ri et nous avons été heureux.

Au petit matin, très fatiguée, je me suis assise au bord du trottoir pour me reposer. La nuit collait à ma peau moite comme un voile chaud et doux. Une légère brise apportait de temps à autre l'haleine d'huile brûlée des beignets d'à côté. Mes pieds me faisaient mal et j'avais la tête pleine de bulles : de la fête, de fatigue, d'excitation. Un nuage de poussière flottait entre les pieds des danseurs, mais dans l'air tiède luttait pour apparaître cette pointe de fraîcheur qu'apportent les petits matins et qui annonce la venue d'un jour nouveau. C'était une de ces nuits d'été rondes et charnelles au cours desquelles s'arrêtent toutes les horloges.

– Tu veux boire quelque chose ? Je te l'offre.

J'ai regardé par-dessus mon épaule et j'ai vu Rita, la femme du magasin. Rita avait sorti devant la porte de son commerce deux ou trois tables pliantes, quelques seaux de glace pilée et un tas de bières et de sodas, et elle avait passé toute la nuit à travailler. À présent que la clientèle commençait à se faire rare, elle pouvait se permettre un moment de causette. Les affaires avaient dû bien marcher, car elle avait l'air de bonne humeur.

– Merci, ai-je dit en me levant et en acceptant la boisson.

Quelques mètres plus loin, sur les bancs, Amanda, Chico et grand-mère prenaient un chocolat avec des beignets. Doña Barbara m'a fait un signe du bras pour m'indiquer que nous allions bientôt partir. J'ai acquiescé d'un hochement de tête.

– Il ne me plaît pas, me disait Rita pendant ce temps-là. Je sais qu'il a longtemps eu ses entrées chez toi, mais il n'est pas catholique, il ne me plaît pas.

Je l'ai regardée, complètement perdue et sans savoir de quoi elle était en train de parler, et j'ai suivi la ligne de ses yeux et découvert, à l'autre bout de la place, le Portugais.

– Le Portugais ! me suis-je exclamée sans pouvoir m'en empêcher.

Mais comment était-ce possible ? La Naine n'avait-elle pas dit que je n'avais plus à en avoir peur ? Et, pourtant, l'homme semblait se trouver en parfaite santé. Il était appuyé contre le mur, un verre en plastique à la main, et son attitude dominatrice et dédaigneuse était plus dominatrice et dédaigneuse que celle de tous les loubards de toutes les bandes de toutes les zones du Quartier qui étaient là.

– Lui-même, poursuivait Rita. Vous parlez d'un personnage. On a du mal à croire qu'il ait été en cheville avec ta maison, alors que ta grand-mère, qui est une vraie dame, était là. Mais, bien sûr, les enfants se suivent et ne se ressemblent pas. Il n'y a rien à faire avec les enfants. Vous en avez un qui part de travers et c'est comme si vous aviez gagné le gros lot, mais à l'envers. Vous ne pouvez rien faire. Si vous jouez, vous ne pouvez pas empêcher que ça tombe sur vous, et avec les enfants vous êtes tout le temps en train de jouer. Vous avez tous les tickets pour le malheur.

En plus d'avoir fait une bonne caisse, Rita devait avoir quelques verres dans le nez, parce qu'elle était plus loquace que d'habitude.

– Au magasin, on voit beaucoup de monde. Les comptoirs, ça vous donne beaucoup de culture. Avant ça, je travaillais dans un bar américain, donc je le sais bien. Les gens viennent et vous racontent des choses. On voit tout, on entend tout, on sait tout. Le monde passe et on est immobile.

Donc on peut penser, et rapprocher un petit détail avec un autre. Par exemple, est-ce que tu sais pourquoi il a la bouche tailladée, ce Portugais ? Eh bien, parce qu'il *a chanté*. Parce que c'est un mouchard en plus de tout ce qu'il est d'autre. On dit qu'il a raconté ce qu'il ne devait pas raconter et qu'on lui a fait sauter les dents à coups de marteau et découpé la lèvre en rondelles. Et c'est pour ça qu'il s'est enfui de sa ville et qu'il est venu ici. Très joli, ton pendentif. On dirait une larme de crocodile.

À ce moment-là, un silence spécial s'est fait sur l'esplanade. C'est-à-dire qu'il y avait toujours du bruit, le vacarme de la musique, le crépitement de la friture, les pleurs d'un enfant, mais tous ceux qui étaient là retenaient leur respiration et la nuit semblait s'être cristallisée. Et tout cet intérêt, cette commotion et cette tension étaient provoqués par Segundo. Par Segundo, qui était tout à coup apparu sur la place. Et qui maintenant s'était arrêté au milieu de l'esplanade, à observer lentement et froidement le panorama, pendant que les gens s'éloignaient discrètement et laissaient autour de lui un cercle de solitude et de peur.

Il venait lourd de beaucoup de choses, Segundo : de résolution, de fureur glacée, de triomphe. La violence qui émanait de lui parvenait à tous les recoins de la place en vagues lentes, qui envenimaient l'air. Il était bien campé sur ses jambes écartées, un homme grand et dense. Et sur la joue droite, il arborait une entaille démesurée et encore fraîche, une fente tuméfiée et rougeâtre qui semblait ouvrir sur sa pommette une bouche monstrueuse.

Tout s'est passé ensuite comme si cela avait été prévu et répété, sans autre surprise, de la part de personne, que celle de la stupéfiante arrivée de Segundo, qui n'a pas bougé du centre de la place et a commencé à parcourir du regard tout le périmètre de l'esplanade. Et quand ses yeux sont tombés sur le Portugais, celui-ci a pâli, a léché nerveusement sa lèvre brisée et a déguerpi comme un furet, en zigzaguant, en se cachant parmi les gens et presque ventre à terre. Les gens du coin ont lâché un soupir d'admiration. Fin du premier acte.

Les yeux froids de Segundo ont continué de glisser sur les personnes et les choses, et se sont finalement arrêtés avec une brève étincelle sur les bancs du mur : sur doña Barbara, qui le regardait toute droite avec le même regard de défi, comme un miroir ; et sur Amanda, exorbitée et tremblante. Il n'a pas dû voir Chico, parce que moi non plus je ne l'ai pas distingué dans un premier temps : le garçon s'était déjà camouflé, tel un caméléon, dans la couleur du mur.

Alors Segundo s'est mis en mouvement et ceux qui étaient là ont de nouveau retenu leur souffle. L'homme a franchi en quelques enjambées tranquilles la distance qui le séparait des bancs, s'est incliné vers Amanda, l'a prise par la main et a doucement tiré dessus. Amanda s'est laissée relever comme une plume : elle contemplait son mari avec des yeux si ronds qu'elle avait l'air d'une poupée, parce qu'elle ne battait même pas des paupières. Alors Segundo l'a enveloppée de ses bras et l'a serrée contre lui. Et, en la soulevant, légère, presque défaillante, il a commencé à danser avec elle sur la musique qui sortait des haut-parleurs.

Segundo tournait et tournait avec sa femme dans ses bras, éclairé par la lumière clignotante des lampions, et offrait alternativement la vision de son horrible joue défigurée et celle de son profil intact : un profil qui était celui de toujours mais qui d'une certaine façon était nouveau, plus fort, plus sombre, comme possesseur d'un terrible secret, mais plus séduisant aussi, avec la séduction du feu et des abîmes. Et Segundo dansait en étant à la fois repoussant et beau, tandis qu'Amanda le regardait non pas comme qui reconnaît, mais comme qui se souvient, perdue peut-être dans l'ivresse des voltes, dans le délice de ces bras puissants, dans le souvenir d'autres danses et d'autres nuits de velours comme celle-ci.

Ceux qui étaient là ont relâché leur souffle, soulagés ou peut-être déçus de constater qu'il ne se passait rien. Et, en voyant les évolutions de Segundo sur l'esplanade, peu à peu les gens du coin ont commencé eux aussi à former des couples et à danser, comme on raconte que cela se produit dans les salons des palais des contes, quand le prince et la princesse ouvrent la valse et qu'ensuite tous les invités les suivent avec des pas et des voltes de plus en plus vertigineux et joyeux. De la même façon le Quartier tout entier a suivi la danse de Segundo avec Amanda, et en peu de temps toute l'esplanade était pleine de couples dansants. Mais ce sont eux qui ont été le couple d'honneur cette nuit-là et eux aussi qui ont dansé, de tous, avec le plus de férocité et le plus de délicatesse.

Cette nuit-là, après la fête, nous sommes rentrés à la maison tous ensemble, écrasés par un silence vénéneux et trop plein de questions non dites. Chico et moi avons couru au lit à peine arrivés, cherchant le garde-fou des draps. J'ai voulu rester éveillée et écouter, au cas où il se passerait quelque chose, mais j'étais si fatiguée que je me suis endormie. Peu après, je me suis réveillée dans un cri : Amanda me secouait, décomposée, son fils dans les bras.

– Vite ! Vite ! me disait-elle en criant tandis que Chico pleurnichait à moitié endormi. Suis-moi et ne t'arrête pas pour prendre quelque chose !

Je l'ai suivie hébétée de sommeil, sans savoir encore ce qu'il se passait. Mais nous sommes sortis dans le couloir et j'ai senti la fumée, et puis j'ai vu les flammes lécher la porte de la chambre du canapé. J'ai repris d'un coup mes esprits et je n'ai pas regardé davantage. Nous sommes sortis à la hâte et, dans le vestibule, nous sommes tombés sur grand-mère, qui courait aidée par la Naine. Nous avons dévalé les escaliers, au milieu d'une chaleur d'enfer et d'une pluie de braises minuscules : de la fumée sortait des marches en bois. Il n'y avait heureusement qu'un étage et nous sommes bientôt sortis dans la rue. Sur le trottoir, un bon nombre de personnes s'était regroupé et devant se tenait Segundo. Amanda ne portait qu'une combinaison, grand-mère une robe de chambre, la Naine un tee-shirt, et moi ma culotte et ma boule en verre avec sa chaîne en argent. Mais Segundo était complètement habillé. Devant nous, la petite maison fumait et craquait bruyamment, comme si les brûlures lui faisaient mal. Alors, on a entendu une explosion et une langue de feu est subitement apparue par la fenêtre. Ça a été comme le signal du début d'une course : d'autres flammes ont immédiatement surgi à divers angles et en quelques minutes l'édifice entier était une torche.

Grand-mère s'est mise à pleurer et cette faiblesse si inhabituelle chez elle m'a fait pressentir la dimension de la catastrophe.

– Mes habits, mes affaires... a gémi doña Barbara.

– Nous en achèterons d'autres. Nous achèterons tout en neuf et en mieux, a rugi férocement Segundo sans cesser de regarder l'incendie.

– Mes photos...

– Nous n'avons absolument pas besoin de ces vieilles photos.

L'énorme bûcher crépitait devant nous, raidissant nos joues de son souffle brûlant et crachant dans la nuit un jet d'étincelles. Aucun de ceux qui étaient là ne pouvait détourner son regard de ce feu violent et lumineux, et le plus fasciné par ce spectacle était Segundo lui-même, qui, un pas en avant de tous, semblait vouloir boire cette atmosphère infernale.

Les poutres craquaient et les cadres noircis des fenêtres criaient, mais tout était inutile car les flammes dévoraient la maison à rapides coups de dents. Les pompiers sont arrivés peu de temps après, quand l'édifice s'était déjà rendu et qu'il ne restait rien à sauver. À côté d'eux, nous avons vu un homme aux cheveux gris qui s'est approché de Segundo et s'est mis à regarder l'incendie à côté de lui.

– Tu n'as vraiment pas de chance, a-t-il dit d'un ton las au bout d'un moment. C'est déjà le deuxième incendie.

Segundo a continué de regarder les flammes sans montrer aucun signe de l'avoir entendu. L'homme a remonté son pantalon. Il avait un petit ventre, une chemise plutôt sale, une veste froissée.

– Tu as déjà été accusé de pyromanie, a encore dit le type.

– Et j'ai été acquitté, a répondu Segundo tranquillement et sans tourner la tête.

Tous deux se sont tus un moment, et j'ai alors cru voir que l'homme aux cheveux gris échangeait un regard avec la Naine.

– En réalité, moi je m'en fiche, tu sais, a-t-il finalement dit avec la même lassitude. J'ai d'autres cas sur les bras. Un certain

Portugais et ses affaires. Des affaires très sales, naturellement. Maintenant que j'y pense, quelqu'un m'a dit que tu le connaissais. Le Portugais. Qu'à une époque vous étiez amis.

Il a sorti une cigarette ratatinée de la poche de sa chemise, l'a allumée et a tiré quelques bouffées lentes et tranquilles. Pendant un moment, on n'a entendu que le rugissement de l'incendie.

– Tu sais, je vais te raconter une histoire bizarre qu'on m'a racontée, a continué le type, l'air de rien. Il y a quelques semaines, un gars du dehors est venu fourrer son nez dans le Quartier. Un gros costaud avec de mauvaises dents. Eh bien, il a disparu, il s'est envolé. J'ai entendu dire qu'il y avait eu une bagarre, que les couteaux avaient bougé, que quelqu'un l'avait tué. Ce n'est pas que ça me fasse grand-chose, je ne vais pas pleurer pour lui, je te l'assure. Mais, tu vois, j'ai la manie de vouloir être au courant. Bien sûr, tu ne sais rien à son sujet, n'est-ce pas ?

Segundo n'a pas répondu.

– Non, bien sûr que non, s'est répondu l'homme à lui-même. Et puis, après une courte pause : et comment est-ce que tu t'es esquinté le visage de cette façon-là ? C'est une entaille très vilaine… Tu vois, j'aime mieux la cicatrice de ton frère. Elle est plus élégante. Comme plus franche.

Ayant dit cela, il a jeté sa cigarette par terre et s'en est allé. Segundo a serré la mâchoire : j'ai vu ses muscles bondir près de ses oreilles. Il était à côté de moi, grand et robuste, sa tête à plusieurs dizaines de centimètres au-dessus de la mienne. Le feu éclairait ses yeux et se reflétait sur sa figure, ranimant la blessure de sa joue, qui paraissait saigner sous cette lueur. C'était un visage intense et ténébreux achevé par un panache d'étincelles. Un visage sombre qui m'a rappelé quelque chose, peut-être un temps passé, peut-être un cauchemar, un mauvais rêve de fumée et de cris, un dragon flamboyant léchant mes joues. J'ai tressailli. À côté de moi, Segundo a fait un pas en avant et a craché sur le bûcher. Puis il s'est retourné, couronné par l'incendie comme un démon. Alors j'ai pu bien voir tout son visage. Il riait.

La Naine, qui en savait long sur les tailles et la relativité des volumes, était fascinée par l'être vivant le plus grand de la Terre : la baleine. Airelai disait qu'elle avait toujours été captivée par ces créatures colossales et douces, très légères dans la mer et tristes captives de la gravité sur les rivages, où elles échouaient parfois pour une raison énigmatique pour finir par mourir à cause de leur propre grandeur. Et un après-midi de cet été-là, la Naine nous a raconté cette histoire :

"Vous devez savoir que les baleines possèdent un cerveau énorme : proportionnellement, il est dix fois plus grand que celui des humains. De sorte que ce sont des animaux très intelligents, en plus d'être puissants, mais malgré cela ils ne sont pas agressifs. Voilà ce que j'admire le plus chez les baleines : que, tout en étant capables du contraire, elles soient pacifiques. Ces formidables créatures chantent et communiquent, et il paraît qu'elles ont un langage très complexe. Je sais qu'elles hurlent et qu'elles pleurent. Et je le sais parce que je les ai vues et je les ai entendues, ou plutôt, j'ai vu et entendu une baleine. C'était il y a longtemps, mais je ne peux pas l'oublier, et de temps en temps il faut que je reparle d'elle pour que son souvenir ne me brûle pas.

"Ça s'est passé dans l'Ouest, à une époque de ma vie violente et sombre, ce qui, vu aujourd'hui, me semble plutôt, sauf exceptions, le ton habituel de l'existence. Mais, à cette époque, j'étais si jeune encore que je croyais toujours aux périodes de chance et de malchance. J'avais atterri, pour des raisons sans intérêt, dans une petite ville côtière qui n'avait rien pour qu'on s'en souvienne, pas même son nom. C'était l'été, mais le temps était extraordinairement frais, avec les températures les plus basses depuis des décennies. Cela a dû influer sur la trajectoire du cétacé. Ou peut-être pas, et simplement s'agissait-il d'un individu aventurier. Le fait est qu'un jour la petite flotte de pêche est rentrée au port en traînant derrière elle un animal énorme : c'était, chose extraordinaire, une baleine, bien qu'on n'ait jamais vu de baleines sur ces côtes. Les pêcheurs avaient été impressionnés par cette rencontre inattendue et avaient décidé d'unir la force de leurs embarcations pour empocher la pièce. À l'aide des gaffes, des harpons à poulpes et de l'innocence pacifique du cétacé, ils avaient réussi à transpercer la créature de coups de lance et à l'enrouler dans des filins et des filets jusqu'à la laisser sans défense. Et c'est ainsi, blessée et captive, qu'ils l'avaient traînée au port.

"L'arrivée de la baleine a causé une forte émotion dans la ville, parce que les gens du coin n'avaient jamais eu l'occasion d'en voir une de près. Si bien qu'ils ont transporté l'animal jusqu'au vieux ponton en bois, ils l'ont attaché aux pilotis avec les filins des harpons et l'ont laissé en exposition, pour que tout le monde puisse le voir. Et les gens sont venus de la ville, et ils sont venus des villages voisins, et des fermes : des familles entières, des bandes de jeunes, des autobus de grands-pères, des filles à marier et des parents avec leurs jeunes enfants, des petits qui criaient de plaisir et qui applaudissaient avec leurs mains minuscules en contemplant cet être formidable. Et, pendant ce temps, la baleine luttait pour essayer de se libérer et enfonçait encore plus profondément les fers dans son corps. Ou bien elle se berçait, fatiguée, dans l'eau boueuse, en saignant doucement par ses nombreuses blessures. Elle avait le sang rouge, comme nous.

"J'ai été témoin d'horreurs au-delà des mots. J'ai vu des boiteux lapidés parce qu'ils étaient boiteux, des noirs brûlés vifs parce qu'ils étaient noirs, des vieillards affamés par leurs enfants, des filles violées par leurs propre pères. J'ai vu égorger pour un paquet de cigarettes et éventrer au nom de Dieu. Il y a des gens qui se délectent de cet enfer et je les connais bien, parce que je me suis souvent vue obligée de cohabiter avec eux. Avec les sadiques. Je soupçonne que les naines attirent les types cruels, comme les lumières brillantes attirent les mites. Peut-être parce que nous leur rappelons les enfants, qui sont leurs victimes préférées. Ou peut-être parce qu'ils nous croient fragiles. Mais moi je possède la grâce et je suis puissante. C'est pour ça que je leur ai toujours survécu.

"De toutes les sortes de cruauté que j'ai connues, la plus répandue est celle de celui qui ignore qu'il est cruel. Les êtres humains sont comme ça : ils détruisent et torturent, mais ils se débrouillent pour se croire innocents. Et c'est ce qui s'est passé avec le cétacé. Je me trouvais par hasard sur le port quand la flotte est rentrée, de sorte que j'ai été l'une des premières personnes à voir la baleine. J'ai été surprise par sa grandeur : elle occupait tout le ponton, d'un bout à l'autre. Elle avait la peau brune et rugueuse, avec des mollusques et des anémones collés sur ses flancs, et, quand elle restait immobile, plutôt qu'un animal on aurait dit une roche. Mais quelque part dans cette masse de chair, il y avait un œil qui regardait le monde ennemi avec angoisse. Avec le temps, j'ai appris à reconnaître chez la créature différentes expressions et différents tons de voix. Parce qu'elle hurlait. Dès ce premier matin, la baleine amarrée à ses lances hurlait très clairement.

"Les jours ont passé et le cétacé est devenu si populaire que le nombre de visiteurs augmentait et qu'une petite industrie s'est organisée. La Confrérie des Pêcheurs a commencé à faire payer l'entrée au ponton à partir de la deuxième semaine et quelques commerçants futés ont monté des stands de cartes postales et de souvenirs, de boissons et de sandwichs. Il y avait même un photographe qui vous tirait le portrait, pour une modique somme, devant la masse énorme et hérissée de fers de la captive.

"Au début, j'allais la voir tous les après-midi et les employés de la Confrérie ne me faisaient pas payer l'entrée : mon comportement devait les étonner et peut-être qu'ils croyaient qu'en plus d'être naine, je souffrais aussi d'un certain degré d'idiotie, qui est ce que beaucoup d'âmes grossières pensent en général de ceux qui sont différents. Je restais un bon bout de temps avec la baleine, mais les attroupements, les rires et les fêtes des visiteurs ont fini par me taper sur les nerfs. Alors j'ai commencé à y aller la nuit, quand il n'y avait personne : je m'asseyais au bord du ponton, les jambes pendantes, et je tenais compagnie à l'animal jusqu'au lever du jour.

"De temps en temps, chaque fois de façon plus espacée, la baleine luttait furieusement contre ses liens : les harpons s'enfonçaient un peu plus dans sa chair, les blessures s'ouvraient, l'eau rougissait autour d'elle. Je lui parlais alors doucement et je lui conseillais de ne pas faire ça, que ça ne pouvait que lui apporter plus de douleur. Mais elle continuait ses efforts inutiles : je crois qu'elle ne comprenait pas ma langue, ou peut-être que l'espoir de liberté était encore plus important pour elle que la souffrance. Même si elle ne comprenait pas mes mots, même si elle n'écoutait pas mes conseils, je voulais croire que ma présence était une aide pour elle. Ce furent des nuits très solitaires et nous les passions à nous regarder. Elle hurlait parfois d'une façon déchirante et d'autres fois elle gazouillait avec douceur, comme un oiseau. Peut-être me parlait-elle alors des autres baleines du troupeau, du plaisir de plonger dans les eaux profondes, des délicieux pâturages de plancton de la splendide mer du Nord.

"Il s'est écoulé ainsi un mois de torture, et puis un autre. Et ma baleine ne mourait pas. Je l'aurais bien relâchée, mais il m'était impossible de défaire ou de rompre ses filins d'acier. Je l'aurais bien tuée, mais comment réussir à tuer une créature si grande, moi qui suis si petite ? Sa magnifique peau de pierre s'est peu à peu couverte de crevasses : elle n'était plus brune, mais de la couleur grise des cendres. À la fin, c'est à peine si elle bougeait : elle était attachée au ponton depuis quatre-vingt-sept jours et les visiteurs commençaient à se faire rares. Alors, les pêcheurs sont venus dans des chaloupes et ont traîné la créature jusqu'à la plage, jusqu'à l'échouer sur le sable. Et ils se sont mis à l'équarrir avec leurs grands couteaux.

"Depuis ce temps-là, j'ai beaucoup lu sur les baleines, en cherchant dans les livres un réconfort contre l'horreur. C'est comme ça que j'ai appris, par exemple, qu'une baleine échouée hors de l'eau meurt en peu de temps, parce que le poids de son propre corps paralyse ses poumons. Mais ils ont commencé à la découper immédiatement et elle était encore vivante. Et il faut couper longtemps avant d'arriver aux organes vitaux d'un cétacé. Elle n'a pas hurlé, cependant. Je crois qu'elle l'a fait pour moi, pour que je ne l'entende pas."

Après la nuit du Grand Feu, il s'est passé plusieurs choses qui ont changé notre vie. D'abord nous avons dû déménager, étant donné que l'ancienne pension s'était retrouvée réduite à quelques ruines carbonisées. Nous sommes allés vivre en face, au-dessus du vieux club où Segundo et la Naine faisaient leur spectacle de magie. C'était un endroit bien pire que celui que nous occupions avant : un appartement minuscule, humide et sombre, dont les fenêtres s'ouvraient sur une cour intérieure qui ressemblait à un puits. Il n'y avait plus de pièce pour les chats et grand-mère n'occupait pas deux chambres mais seulement une, et très petite, avec une couche étroite collée contre le mur qui n'avait rien à voir avec le majestueux lit en bois depuis lequel doña Barbara régnait dans l'autre maison. Segundo s'était gardé la meilleure chambre pour lui et pour Amanda, mais ce n'était pas non plus une merveille. Quant à Chico et à moi, nous partagions un grabat dans une pièce si étroite qu'on aurait dit un couloir. Segundo avait menti quand il avait dit, pendant l'incendie, que nous aurions des maisons meilleures, des meubles meilleurs et une vie meilleure.

La Naine dormait en bas, dans les loges du club, dans sa malle habituelle. Parce que, bizarrement, quelqu'un avait sorti de l'ancienne pension, avant l'incendie, sa malle de couchage et tous les autres coffres avec les accessoires de la magie. C'est la seule chose qui semblait avoir échappé au désastre. Un jour, j'ai entendu grand-mère dire à Airelai :

– Tu le savais.

Et elle avait les yeux bordés de rouge et sa voix rendait un son étrange et creux.

– À moi, on m'a juste dit que dorénavant j'allais habiter dans le club, a répondu la Naine. Et moi, comme tu le sais bien, j'obéis.

Grand-mère était méconnaissable. C'était le deuxième des grands changements qui s'étaient produits dans notre vie : doña Barbara ne ressemblait plus à doña Barbara. Elle n'avait plus ses robes somptueuses, ni ses brûle-parfums où fumait l'encens, ni ses gros oreillers en dentelle, ni ses meubles, ni ses photos encadrées sur la table de chevet. Mais surtout il lui manquait quelque chose à l'intérieur : le fer chaud qui apparaissait avant dans ses yeux, et la grandeur, parce que maintenant elle était beaucoup plus petite. Elle passait son temps à regretter ses chats et nous ne sommes plus jamais allées au cimetière. De fait, grand-mère n'est plus sortie et quittait de moins en moins son lit. Elle était malade, ou c'est ce qu'elle disait, mais je ne pouvais pas arriver à le croire, même en la voyant si affaiblie et diminuée. Parce que doña Barbara, pensais-je alors, était immense et éternelle, et ce nuage de faiblesse ne pouvait qu'être un mirage transitoire.

Pendant ce temps-là, Segundo avait changé lui aussi. Lui, au contraire, il paraissait plus grand et plus sombre. Ses poignets épais dépassaient de ses costumes devenus trop petits pour lui et sa peau était presque aussi noire que son regard. La cicatrice avait séché sur sa joue et c'était maintenant un sillon bombé, rosâtre et luisant. Quand Segundo était très énervé, il grattait sa balafre avec l'ongle de son pouce et nous avons bientôt appris à interpréter ce signe comme le prélude d'un orage domestique. Un jour où Segundo grattait obstinément sa cicatrice, peu de temps après le Grand Feu, Chico est sorti de notre nouvelle maison sur la pointe des pieds et n'est plus revenu. Je veux dire que la nuit est tombée et qu'il n'est pas revenu, et le lendemain non plus il n'est pas apparu, et bien que la Naine et Amanda aient sillonné tout le Quartier elles n'ont pas réussi à le retrouver. Alors, Amanda est allée à la police et, quelques heures plus tard, ils sont arrivés à la maison avec le garçon et avec une femme qui a posé beaucoup de questions et qui a fait signer des papiers à Segundo, ce qui l'a mis de très mauvaise humeur et contribué à ce qu'il gratte sa cicatrice plus que jamais. Ce jour-là n'a pas été bon.

Depuis que Segundo était revenu, nous n'avions revu ni le Portugais ni l'Homme Requin. Du premier, on disait qu'il se trouvait dans le Quartier d'une ville voisine. C'est du moins ce que disait Rita, qui affirmait être au courant par des gens de sa famille qu'elle avait à cet endroit-là :

– Et il paraît que le Portugais essaie de se faire son trou dans ce Quartier, mais ça va mal pour lui.

Par contre, on n'avait aucune nouvelle de l'Homme Requin : à croire que la terre l'avait avalé.

– C'est ça, ma petite. C'est exactement ce qui lui est arrivé, à ce type : la terre l'a avalé... disait habituellement Rita, et elle riait et faisait un clin d'œil comme si c'était une blague.

Je ne la contredisais pas, parce que Rita était gentille et nous offrait des bonbons à la menthe. Mais, en mon for intérieur, je savais que le Portugais et l'Homme Requin avaient été l'un comme l'autre vaincus par le sortilège de la Naine et qu'ils se trouvaient en quelque lieu obscur, prisonniers de l'incantation : à l'intérieur d'une montagne, par exemple, qui est l'endroit où, d'après ce que disent les contes, les grands sorciers ont l'habitude d'enfermer leurs opposants. Je n'ai jamais rien dit, parce que je savais que, la magie, il ne fallait pas en parler, mais je me sentais fière d'être la seule du Quartier à connaître la vérité.

On montait à notre nouvel appartement depuis l'intérieur du club, par un petit escalier qui se trouvait derrière un rideau, à côté de la scène. Le jour, comme le club était fermé, cela ne posait aucun problème. Mais la nuit, le bruit, la fumée et la lueur rougeâtre montaient jusqu'à chez nous en rebondissant sur les marches. Au début, ce monde souterrain m'effrayait. Ensuite, j'ai appris à être plus audacieuse et certaines nuits je descendais les escaliers sur la pointe des pieds et j'épiais, derrière le rideau, le spectacle de magie. Parce que Segundo et Airelai travaillaient de nouveau dans le club. Et je les voyais donc à travers une fente, baignés de cet air rouge qu'on aurait dit irrespirable, en train d'agiter dans l'air des rubans resplendissants et de créer du néant une pluie d'étoiles.

Une nuit, il a fallu que j'aille chercher un médicament pour doña Barbara. Amanda venait de me tirer d'un profond sommeil et j'étais encore hébétée. J'ai descendu les marches, ouvert le rideau, et je me suis plongée, sans même y penser, dans l'atmosphère chaude et maligne du local. Il y avait beaucoup de monde et beaucoup de bruit. Je suppose que les haut-parleurs devaient retentir à mes oreilles, mais ce dont je me souviens c'est du grondement de la musique qui montait dans mes jambes et qui s'agrippait à mon ventre, comme si l'endroit était en train de me capturer, comme si une main invisible, tremblante et gigantesque, était en train de grimper sur mon corps. Sur la scène, il y avait des femmes nues avec la pointe des seins qui scintillait et l'air était un cauchemar de la couleur du sang. J'ai couru vers la porte et j'ai dû pousser des dos et des hanches, tous d'hommes, et des visages terribles se penchaient vers moi, des yeux exorbités, des bouches murmurantes qui empestaient l'alcool.

À partir de cette nuit-là, j'ai dû faire ce même trajet plusieurs fois : il m'a toujours fait peur, il m'a toujours angoissée, je l'ai toujours vaincu. À vivre au-dessus du club, j'ai découvert l'énorme différence qu'il y avait entre le local diurne et le nocturne, entre cette espèce de hangar sale qu'était le club vide et cette fourmilière de désespoir et de transpiration qu'il devenait la nuit. Et j'ai appris comme ça une chose fondamentale : que l'enfer n'est pas un lieu, mais un état. Un poison que nous portons en nous.

– Ce sont les oiseaux, les oiseaux noirs, marmonnait faiblement grand-mère depuis son lit. Écoute-les agiter leurs ailes, ces damnés. Ce sont les oiseaux noirs qui viennent me chercher.

Cependant ce n'étaient pas des oiseaux, mais des avions. Ils passaient au-dessus de nous et faisaient tinter toutes les vitres de notre cour lugubre. Il y avait des avions grands et lourds qui volaient très bas : on voyait leur fatigue à la lenteur de leurs mouvements et au bruit qu'ils faisaient, qui était comme le roulement mesuré d'un énorme rocher. Il y en avait d'autres, au contraire, qui étaient comme des moustiques, minuscules et nerveux, juste un bourdonnement lointain et une étincelle de lumière à l'horizon. Certains appareils jeunes et vigoureux fendaient le ciel d'un son propre et sifflant, comme on découpe au couteau une pièce de satin. Et il y avait aussi des avions abominables et sombres qui furetaient en passant au-dessus de nous, comme s'ils cherchaient l'endroit approprié pour lâcher leurs bombes. Ils traversaient tous le ciel de manière incessante, pendant le jour et pendant la nuit, créatures inaccessibles et puissantes qui surveillaient nos gestes depuis les hauteurs, êtres impossibles capables de voler tout en étant faits de fer.

– Ils viennent, ils viennent, disait grand-mère.

Et je n'ai jamais su si elle voulait parler des avions ou de ces oiseaux qu'elle était seule à voir. Doña Barbara était très bizarre. Parfois elle avait de la fièvre et parfois elle était froide comme de la glace. Un jeune médecin est venu la voir et s'est gratté l'oreille très embarrassé, et il a avoué qu'il ne lui trouvait rien qui aille mal. Mais grand-mère continuait de rétrécir un petit peu plus chaque jour.

– C'est à cause des ombres de cette maison, qui se sont glissées en nous, a déclaré Airelai.

Et elle devait avoir raison, parce que depuis le Grand Feu le monde semblait un endroit beaucoup plus désagréable. Le soleil se montrait, incertain, au-dessus du creux ténébreux de notre cour et ne s'aventurait jamais à y descendre. Pendant la journée, la lumière de nos chambres était grise et lourde comme celle d'un crépuscule : elle rampait sur le sol des pièces en distribuant des ombres dans tous les coins. Et dans la chambre de la Naine, c'est-à-dire dans les loges de l'étage d'en dessous, il n'y avait même pas de fenêtres.

Un après-midi où ni Airelai ni Segundo n'étaient à la maison, j'ai eu l'idée de descendre explorer les loges. Ce n'est pas que je pensais y trouver quelque chose de spécial, mais je m'ennuyais. Grand-mère somnolait, Amanda était en train de préparer le dîner et Chico s'était mis sous la table de la cuisine, comme il avait l'habitude de le faire, pour être le plus près possible de sa mère. Parfois, quand je ne savais pas comment tuer le temps, j'allais dans la chambre de la Naine et je fouinais dans ses boîtes et ses coffres. J'aimais voir le pétillement de ses costumes de scène, et respirer et caresser les brassées de douce mousseline qu'il y avait dans ses malles. Le parfum d'Airelai, un arôme lancinant de mousse et de bois ombragé, avait imprégné toute sa garde-robe.

Cet après-midi-là, quand je suis descendue dans les loges, c'était la première fois que je m'aventurais seule dans la chambre de la Naine après le Grand Feu. Même si je savais que les coffres avaient échappé à l'incendie, j'ai été surprise de constater que tout était intact et que quelque chose du monde passé survivait dans celui-ci. Ce qui m'a le plus émue a été de pouvoir revoir le lit-malle de la Naine. J'ai délicatement soulevé le couvercle et tout était là, la couche joliment préparée avec des draps brodés, l'oreiller en soie et la doublure cramoisie avec les cartes postales collées : la baleine qui surgissait au milieu des eaux écumantes, le dessin minutieux et plein de couleurs des dieux hindous, la photo d'une cabane en pierre dans les montagnes, la petite vieille femme perchée sur une table, le portrait éblouissant de l'Étoile.

Je suis restée à regarder ces cartes postales pendant un long moment, en essayant de me rappeler la façon dont je les avais contemplées la première fois et ce que j'avais ressenti en les découvrant, quand j'ignorais encore tout à leur sujet. Mais on ne peut jamais se souvenir de soi-même dans l'innocence, c'est-à-dire dans l'ignorance. À présent, il me paraissait incroyable qu'il y ait eu un temps où j'ignorais l'existence de l'Étoile. Comment m'étais-je débrouillée pour vivre sans être sûre, comme je l'étais maintenant, de l'inévitable venue du bonheur ? J'ai soupiré et enfoncé un doigt dans l'oreiller en dentelle : il était doux et mou. J'ai ensuite tâté avec le même doigt le matelas, qui était beaucoup plus ferme. Sans prendre le temps d'y réfléchir, emportée par une impulsion, j'ai enlevé mes chaussures et mis une jambe dans la malle. J'ai alors pris le temps d'y réfléchir et j'ai mis l'autre jambe. J'avais toujours voulu savoir ce qu'on éprouvait à l'intérieur de ce refuge rougeâtre et satiné qui paraissait si confortable. Je me suis assise sur le lit puis je m'y suis couchée. La malle était trop petite pour moi et je devais garder les genoux un peu pliés, mais c'était quand même agréable. J'ai tendu la main et j'ai descendu le couvercle recourbé au-dessus de moi. Il ne s'emboîtait pas tout à fait parce qu'il heurtait la languette métallique des fermetures, si bien qu'il laissait tout autour une rainure d'environ un centimètre. Par ce creux, la lumière se glissait à l'intérieur. Au-dehors, la lumière de la loge provenait d'un affreux tube de néon rivé au plafond : un éclairage désolant et livide. Mais comme cette clarté se faufilait par l'étroite rainure du couvercle, et comme elle ricochait sur la doublure en soie couleur cerise, l'intérieur prenait un ton chaud et rosé, une qualité charnelle et douce. J'ai soupiré et murmuré ma parole talisman, baba-baba-baba, en me sentant mieux que ce que je m'étais sentie depuis très longtemps. La dentelle du coussin effleurait mes oreilles et j'étais une naine, petite, très petite, et je savais que rien de mauvais ne pouvait m'arriver tant que je resterais dans cette pénombre circulaire, dans cet air tiède et nourrissant.

Alors j'ai entendu des pas dans la pièce. C'était quelqu'un de bruyant et de grand : il ne pouvait pas s'agir d'Airelai. Je me suis retournée à l'intérieur de la malle en tâchant de ne pas faire de bruit et j'ai regardé très inquiète par la rainure. C'était Segundo, comme je le craignais. Et le simple fait de l'avoir si près de moi, brutal et renfrogné, m'a glacé le sang. Je l'ai vu déplacer des coffres pour ouvrir un placard, puis le vider de ses projecteurs et outils et boîtiers avec des câbles. Il a ensuite enlevé les étagères vides et a finalement donné un coup sur le fond du placard et a ouvert un petit creux d'où il a sorti une valise bleue. Il l'a posée sur la coiffeuse, a farfouillé dans les fermetures à l'aide d'une clef et a fait sauter les deux languettes en même temps. Elle était pleine d'argent. La valise était pleine de billets, beaucoup de billets, énormément plus de billets que ceux que la Naine apportait quand elle sortait la nuit. Ce devait être ce que le Portugais et l'Homme Requin recherchaient quand ils étaient venus chez nous.

Segundo a soigneusement sorti toutes les liasses et, quand la valise a été vide, il a manipulé à l'intérieur et a extrait un panneau, laissant à découvert un double fond. Là, il y avait quelque chose de fin et de rectangulaire, semblable à une tablette de chocolat, mais de couleur bleue et d'aspect caoutchouteux. Segundo a pris la tablette et, à l'aide d'un tournevis, a accroché des câbles et des pièces sombres au plastique bleuté, en vissant ensuite le tout à la valise avec grand soin. Il a recouvert l'engin avec le faux fond et ce fond avec les liasses de billets, refermé le couvercle et les verrous, et il a ensuite dû répéter, mais en sens inverse, ses premiers gestes, et traîner ici et là les paquets, les câbles, les projecteurs et les coffres jusqu'à laisser la valise de nouveau cachée dans les entrailles secrètes du placard. Segundo transpirait copieusement après un tel effort : j'ai observé par la rainure, tout près de ma cachette, sa figure charnue et rougie, sa cicatrice brutale. J'étais moi aussi enveloppée de sueurs froides : la manœuvre avait duré longtemps et j'avais à présent le corps plein de crampes et les nerfs comme fous.

L'homme a alors fait demi-tour et s'est dirigé vers la porte, mais, en passant à côté de la malle, il s'est pris les pieds dans mes chaussures. Il a trébuché et a poussé un juron, alors que je mourais un peu à l'intérieur de ma retraite. Mais quand il a retrouvé son équilibre, il s'est dépêtré de mes sandales d'un coup de pied sans leur accorder plus d'attention, croyant peut-être qu'elles étaient à Airelai, et il a finalement abandonné les loges d'un pas furieux. J'ai été longue à oser sortir de la malle et, quand je l'ai fait, mes bras tremblaient tellement que c'est à peine si j'ai pu soulever le couvercle.

Segundo avait toujours été un homme d'un commerce difficile, mais maintenant, depuis son retour, son humeur était plus sombre que jamais et ses volontés plus imprévisibles. Maintenant il était toujours énervé : en tension, comme dans l'attente de quelque chose. Comme un animal qui redoute d'être chassé. Et en même temps, cependant, il avait l'air plus sûr de lui. Il s'enhardissait à crier après doña Barbara et à l'exiler dans son lit minuscule. Et c'était lui maintenant qui gouvernait sans aucun doute la maison, avec des ordres toujours contradictoires. Il mêlait la vigueur cruelle au doute, la toute-puissance à l'inquiétude. Comme nous n'étions pas habitués à cette nouvelle tournure de son caractère, nous ne savions pas comment nous protéger ni nous cacher de ses colères subites.

Sa présence est devenue si pénible qu'Airelai a décidé d'employer la magie contre lui. La Naine disait qu'elle-même, directement, n'avait pas de pouvoir contre Segundo. Qu'ils se connaissaient trop et que l'homme avait hérité de son père des cuirasses infranchissables contre ses sortilèges. Mais, un après-midi, elle nous a expliqué qu'il existait un pouvoir que possèdent toutes les femmes même si elles ne le savent pas, qui est le pouvoir du passage vers la vie et vers la mort, du sang et de ce qui est dénué de mots, tout comme il existe un pouvoir que possèdent tous les hommes y compris lorsqu'ils l'ignorent, qui est le pouvoir de la rouille et du fer, du hasard et du territoire.

Et que, par conséquent, toute femme qui en avait l'âge pouvait exercer une influence envoûtante, à condition de connaître les procédés appropriés. Ce serait Amanda, a conclu Airelai, qui ensorcellerait Segundo avec son aide.

Amanda n'était pas très sûre d'être capable de le faire, parce qu'elle n'était jamais sûre de rien. Elle ne savait pas si elle croyait aux sortilèges, mais elle ne savait pas non plus si elle n'y croyait pas. Elle doutait surtout d'elle-même et de son habileté à se procurer une vie meilleure. Elle avait un tel manque de confiance dans le hasard qu'elle pensait que tout changement ne pouvait aller que vers le pire, comme le démontrait le cours de sa propre existence, qui avait été mauvaise dans son enfance, pire dans son adolescence, encore pire quand elle était devenue la fiancée de Segundo, calamiteuse après son mariage, frôlant la catastrophe à ce moment-là. Elle, un pouvoir ? Ce n'était pas possible, niait Amanda avec obstination en ouvrant et refermant beaucoup ses yeux ronds.

Alors la Naine a commencé à lui raconter des histoires sur la force innée des femmes : comment les miroirs s'embuaient parfois quand des femmes indisposées s'y penchaient, ou comment les plantes fanaient, les chats se hérissaient, les enfants malades s'endormaient paisiblement, les sauces tournaient, les ampoules grillaient, les pommes pourrissaient, les blessures séchaient et les compotes se couvraient de moisi quand une femme qui saignait les touchait.

– Et en plus, a finalement dit Airelai, si tu mettais autant de détermination à faire l'incantation que tu es en train d'en mettre à dire que non, je suis sûre qui tu y arriverais merveilleusement bien.

Et là-dessus Amanda a souri et ses joues pâles ont rougi, et elle a baissé la tête et acquiescé.

Il s'agissait d'un sortilège très simple et très commun, a expliqué la Naine, surtout dans les villages du Sud, où elle-même l'avait appris. C'était l'envoûtement dit de l'*assaisonnement*, par lequel une femme *assaisonnait* les personnes au moyen d'un échantillon de ses menstruations. Quelques petites gouttes de sang suffisaient, normalement dans une tasse de café. La victime la buvait sans rien remarquer de particulier et sa volonté se retrouvait immédiatement *entortillée*, comme disent les gens du Sud, c'est-à-dire attrapée et subordonnée à celle de la femme indisposée.

– Je n'ai pas pu vérifier personnellement cet envoûtement, parce que, comme vous le savez, mon ventre n'est pas assez grand pour le compte des mois, a conclu Airelai. Mais j'ai entendu dire qu'il est très efficace, surtout quand on l'exerce contre un homme et quand la victime est le mari ou l'amant de celle qui fait le sortilège. Nous devrions essayer, parce que nous n'avons rien à perdre.

Et voilà comment cela s'est fait : elles ont attendu jusqu'aux règles suivantes d'Amanda et ont assaisonné à l'aide de quelques gouttes l'un des innombrables verres de cognac que Segundo buvait. Il a englouti tout son verre et ensuite deux ou trois autres en plus, eux sans le sang, et s'il est vrai qu'il n'a rien remarqué d'étrange dans la boisson, il n'a pas non plus eu l'air de changer de comportement. Il est allé se coucher aussi violent et ivre que les autres nuits.

En peu de jours, il est devenu évident que le sortilège n'avait pas eu le moindre effet. Non seulement Segundo ne s'était pas retrouvé *entortillé*, mais il semblait être à présent encore plus cinglé et colérique. Il entrait et sortait de la maison en claquant la porte avec force. Il s'enfermait pendant des heures dans les loges vides, où je l'imaginais en train de ranger et sortir sa valise, de compter et recompter son argent. De grands cercles violets se dessinaient peu à peu autour de ses yeux et, une nuit, il a interrompu le spectacle de magie qu'il était en train de faire et s'est battu avec l'un des clients.

– Je te l'avais bien dit que je n'étais pas bonne à ça, se lamentait Amanda.

– Parce que les filles d'aujourd'hui, vous êtes différentes, réfléchissait la Naine. Les vieilles coutumes ne fonctionnent plus, les sortilèges traditionnels ne servent plus. C'est bizarre : ton sang ne fane plus et ne soigne plus. Vous êtes des mutantes.

De sorte que tout restait pareil après l'échec de la magie : grand-mère de plus en plus rabougrie et Segundo de plus en plus grand.

– Écoutez les oiseaux, écoutez ces satanés oiseaux, disait de temps à autre doña Barbara.

Mais c'étaient des avions, qui bramaient sur nos têtes sans se soucier de nous. De même que le soleil, qui ne se montrait même plus au-dessus de notre cour. L'été marchait vers sa fin, les jours devenaient de plus en plus courts et notre appartement était un trou d'humidité et d'ombre. Amanda et Airelai ont eu l'idée de rapprocher le lit étroit de grand-mère de la fenêtre : elles ont ouvert le battant, ont mis deux oreillers sur le rebord et, comme la température était encore chaude et bonne, elles ont allongé doña Barbara la tête au-dehors, sur les oreillers, afin qu'elle puisse contempler, tout en haut, à l'embouchure de la cour, le petit carré lumineux et bleu du ciel inatteignable. De temps en temps, un avion traversait ce cadre transparent, et doña Barbara, sans dire un seul mot, le montrait mélancoliquement du doigt.

Doña Barbara empirait. Ses mains tremblaient et sa tête s'était remplie d'idées aussi sombres que ses yeux. Un jour, par exemple, elle s'est entêtée à fêter l'anniversaire de sa mort. Elle s'est réveillée très tôt, a appelé la Naine et Amanda, et les a obligées à acheter un gâteau et à préparer un pot de chocolat épais.

Airelai a orné la chambre de grand-mère de lampions en papier et de serpentins, et elle a accroché une bande de dentelle bon marché, comme celle qu'on vend au mètre dans les merceries, autour de son lit. Ç'avait été une idée de grand-mère, qui disait que la dentelle était une décoration très appropriée parce que ça rappelait la bordure des faire-part. Une fois que tout a été prêt, nous avons fait la fête. Nous avons soufflé le gâteau, qui n'avait qu'une seule bougie allumée au milieu, et nous l'avons mangé. Il était très bon, de même que le chocolat qu'avait fait Amanda. Chico et moi, nous avons allumé des feux de Bengale : ils crépitaient dans nos mains, un feu doux qui ne brûlait pas.

– C'était un très bel anniversaire de mort, a dit grand-mère d'une voix fatiguée. J'aimerais avoir vu juste. J'aimerais mourir un jour comme aujourd'hui dans un an.

– Quelles idées morbides ! a protesté Amanda en frissonnant.

Grand-mère a froncé les sourcils : j'ai vu que le commentaire l'avait dérangée. Elle s'est péniblement redressée sur un coude et ses yeux ont étincelé encore une fois de lumières noires :

– Et toi, qu'est-ce que tu en sais ! Qu'est-ce que tu en sais ! Je veux juste un an de plus. C'est tout ce que je demande. Si seulement j'avais un an ! Et ne te sens pas si sûre de toi :

peut-être que cet anniversaire n'était pas celui de ma mort, mais de la tienne. Parce que nous en avons tous un, cette heure sombre nous attend tous... Même elle, a-t-elle dit en se tournant vers moi : elle parlait avec fureur, comme si elle était en colère après moi. Même les petites filles comme toi deviennent vieilles et finissent...

Elle a poussé un soupir et s'est laissée tomber sur son lit, épuisée. Chico et moi, nous nous sommes mis à rire, parce que grand-mère ne faisait plus peur et qu'elle était drôle, maintenant, quand elle s'énervait. Et donc nous avons ri, avec nos bras en croix et des feux de Bengale qui remplissaient nos mains d'étoiles. C'est ainsi que s'est achevée la dernière fête.

Après ce jour-là, doña Barbara a beaucoup empiré. C'était à peine si elle parlait : elle passait son temps à contempler le rectangle du ciel et à somnoler. Et parfois elle murmurait :

– De l'eau.

Et elle le disait avec beaucoup de finesse et de sentiment, comme on dit le nom d'un être aimé. Les premières fois Amanda lui a donné à boire, mais il ne s'agissait pas de ça.

– Si nous pouvions l'emmener à la mer, ou au moins au bord d'un lac, a interprété la Naine.

Mais ils avaient de nouveau fermé le parc, peu après l'avoir inauguré, et le Quartier était à des centaines de kilomètres de la côte la plus proche. Alors Airelai a fabriqué une croix avec plusieurs grandes allumettes en bois et les a ensuite allumées. C'était, a-t-elle expliqué, un sortilège contre l'ardeur de l'air et la fièvre de la terre, une incantation d'eau et d'humidité. Et, en effet, peu après que la croix se fut consumée il s'est mis à pleuvoir. Et le lendemain, et c'est ce qui a été important, trois ou quatre ouvriers sont apparus avec leurs grosses machines et ont commencé à retourner le pavé de la petite place qui se trouvait en haut de notre rue.

– Ils vont faire une fontaine, une fontaine décorative, est venu nous dire Chico, à bout de souffle, dès qu'il a appris la nouvelle.

Le marteau-piqueur retentissait comme une mitraillette et la pelle mécanique comme un tank, et, les deux ensemble, le fracas était si formidable qu'on aurait dit qu'une guerre avait éclaté à quelques mètres de chez nous. On ne pouvait plus écouter les avions et le monde trépidait tellement que vos dents jouaient des castagnettes contre le cristal quand vous tentiez de boire un verre d'eau, si bien que nous avons commencé à penser que la Naine s'était cette fois-ci surpassée avec son sortilège. Mais les travaux avançaient vite : en quelques jours, ils avaient fait un trou énorme et l'avaient ensuite recouvert de ciment et lissé. Et, un matin, nous nous sommes réveillés au milieu d'un silence sépulcral, presque assourdissant tant il était inhabituel. Nous sommes descendus voir ce qu'il se passait et nous avons découvert que les ouvriers avaient disparu en emportant avec eux toutes leurs machines graisseuses et fumantes, même si la fontaine ne semblait pas terminée. Plus qu'une fontaine, c'était en réalité un bassin circulaire de faible profondeur : il avait un simple rebord en béton et était couvert de quelques centimètres d'eau noire. Au centre de sa circonférence, il y avait un socle carré en ciment d'où surgissaient quelques ferrailles déjà rouillées et des tubes en plastique. À quelques mètres de la fontaine, appuyé contre le mur au milieu d'un semis de gravats, il y avait un poisson rudimentaire en pierre artificielle qui était probablement destiné à aller, avec sa grosse bouche ouverte, sur le socle en béton.

Nous avons attendu plusieurs jours pour voir si les ouvriers revenaient, mais la fontaine restait à l'abandon. Le poisson a aussitôt perdu ses nageoires à coups de pierre et il avait maintenant l'air d'une borne kilométrique avec des yeux. Quant à l'eau, elle était épaisse et poussiéreuse, hérissée de canettes et de détritus. Un chien sans maître en a bu deux lampées et s'est éloigné en cahotant, comme ivre. Et même le plus stupide des oiseaux n'osait pas se regarder dans sa surface. Mais il n'y avait pas d'autre eau que celle-ci à proximité et le temps pressait, si bien qu'un après-midi nous avons habillé grand-mère avec l'une des deux robes que Segundo lui avait achetées après l'incendie, un habit sombre et triste de vieille dame, très différent des beaux vêtements qu'elle avait auparavant, et nous sommes descendus avec doña Barbara voir le bassin.

Elle n'a rien dit, mais je sais qu'il lui a plu. Et certains soirs, quand elle avait suffisamment de force, elle me demandait de l'accompagner jusqu'à la fontaine. Le bassin était de plus en plus crasseux et sentait même mauvais, mais il me semble que grand-mère devait regarder autre chose quand elle regardait cette eau stagnante. Les yeux de doña Barbara commençaient à se couvrir d'une pellicule bleutée, comme les yeux des nouveau-nés, et elle était maintenant capable de clouer son regard humide et brumeux sur un objet et de le laisser là immobile pendant très longtemps sans même cligner des yeux. C'est ainsi, impavide et à la façon d'une statue, que doña Barbara contemplait la surface de la fontaine à la tombée du jour. Et pendant que moi, qui m'ennuyais, je comptais les canettes de bière écrasées, les papiers à moitié dissous et les plastiques qui surnageaient dans la mare, elle reconnaissait sûrement dans sa mémoire le reflet liquide du soleil, cette étincelle d'or qui glissait paresseusement, en dépit de tout, sur la surface gélatineuse, poussiéreuse et noire de l'eau croupie.

Chico avait été absent de chez nous, quand il était parti, pendant un jour et demi. Chico ne parlait pas beaucoup. Il s'occupait de ses petites affaires, prenait le soleil ou l'ombre sur le pas de la porte et regardait passer la vie sans faire beaucoup de mouvements. Il avait parfois l'air d'un idiot et en principe il n'avait l'air de rien : je veux dire que vous ne preniez pas le temps de penser à lui ni de le regarder par deux fois. Mais je savais qu'il n'était pas stupide et qu'il avait une mémoire d'éléphant. Je grandissais et, au cours de cet été-là, j'ai eu une telle poussée de croissance que j'ai hissé mes yeux au-dessus du cadre du miroir du club. Mais Chico restait comme il l'avait toujours été et demeurait par-là en bas, vers la fin de mes côtes. Je crois qu'il mettait toute son énergie à se souvenir et que c'est pour ça qu'il ne grandissait pas. Par exemple, il apprenait par cœur les immatriculations des voitures, afin de savoir si des gens nouveaux rôdaient dans le Quartier, et il savait quand entrait et sortait chaque habitant, ses itinéraires ordinaires, les heures et le cours de ses habitudes.

Il agissait ainsi parce qu'il éprouvait la nécessité de tout connaître et contrôler, car n'importe quel changement, aussi petit soit-il, le terrifiait. C'est pour ça que sa fuite avait été si extraordinaire venant de lui, héroïque même. La cause qui l'avait contraint à s'enfuir avait certainement dû être très puissante, mais le garçon n'est jamais parvenu à nous raconter le pourquoi de son acte. Un après-midi, cependant, après l'avoir attendri avec le cadeau de quelques bâtonnets de réglisse et d'un demi-carré de chocolat blanc, qui était sa faiblesse, Chico m'a raconté, si ce n'est la raison de sa fugue, du moins ce qu'il s'était passé pendant ce jour et demi. Et il l'a dit comme ça :

"Ce qui me faisait le plus peur, c'était de sortir de notre zone. Parce que ici je suis le roi, je veux dire le roi des petits. Et je sais de quoi me mêler, et qui il faut saluer et qui il faut éviter. Comme je sais beaucoup de choses, moi ici je suis plus fort que toi, même si tu ne le sais pas, et je suis plus fort entre autres parce que tu ne le sais pas, je ne sais pas si tu me comprends. Mais je ne veux pas non plus que tu me comprennes bien, pour que tu n'en apprennes pas trop. Parce que tu es plus grande et plus âgée et grand-mère t'aime mieux toi, donc c'est juste que tu en saches moins que moi, pour que les choses soient équilibrées. Mais je te disais qu'au début, ce qui me faisait peur, c'était de sortir de notre zone et de tomber sur les autres chefs, parce qu'à tous les coins de rue du Quartier il y a un chef, c'est-à-dire que tout le monde a quelqu'un de qui avoir peur, seulement certains ont peur de beaucoup de monde et d'autres juste de quelques-uns, et moi j'ai peur de tout le monde sauf de ma mère et peut-être de toi. Bon, de toi non plus.

"Le fait est que j'ai pensé qu'il fallait que je me trouve une excuse pour pouvoir passer dans les autres zones du Quartier sans qu'il m'arrive rien de mal. L'idée était de pouvoir être quelque chose, en dehors de ce que je suis dans mon coin. Parce que je t'ai déjà dit que tu peux être plus ou moins en sûreté à l'intérieur du Quartier si tu sais où est ta place et que tu n'en sors pas. Le jour où je me suis enfui de la maison, j'ai tout de suite pensé au commerce, parce que les commerçants ont l'habitude de défendre leurs intérêts avec beaucoup d'enthousiasme, alors j'ai cru qu'ils pourraient me protéger au moins un peu. Et, donc, j'ai commencé à traverser le Quartier en allant de magasin en magasin, comme si j'allais faire une commission et acheter quelque chose. Je marchais très décidé et très sûr de moi, les yeux fixés sur le prochain magasin qui apparaissait à l'horizon, et les gens me regardaient et pensaient que j'étais un acheteur et ils me laissaient tranquille.

"Le plus dur c'était quand j'arrivais aux commerces. En général, je m'arrêtais pour regarder la vitrine, je faisais semblant pendant un moment et après je partais en direction du magasin suivant. Parfois, il y avait des garçons suspects dans les parages et je me voyais obligé d'entrer dans le local, même si les commerçants peuvent être pires que les garçons, et il y en a un qui m'a fait sortir de son magasin de fruits à coups de taloche parce qu'il croyait que je le volais. Bien sûr, l'avantage des commerçants sur les garçons c'est que les premiers ne s'éloignent jamais trop de leur commerce et, si tu pars en courant, ils ne te poursuivent pas.

"Le truc a super bien fonctionné et j'ai traversé le Quartier en quelques heures, et j'étais si content de mon succès que j'ai voulu ajouter un détail pour enjoliver et, d'un magasin à l'autre, j'ai commencé à faire tinter des capsules de bière dans ma main, comme si c'étaient les pièces avec lesquelles j'allais payer mes achats. Et ça, ça a été une erreur de débutant, parce qu'un garçon m'a attrapé au coin d'une rue, m'a flanqué deux baffes et m'a pris mon argent, et en voyant que ce n'était pas de l'argent mais des capsules, il m'a tabassé un peu plus. C'est là que j'ai taché de sang tout mon tee-shirt et mon visage et mon cou. Et même si ça a été douloureux, ça n'a pas été si mal, parce qu'à partir de là j'ai eu l'idée d'un nouveau truc pour continuer d'avancer, et c'était que chaque fois que je voyais une bande ou quelqu'un de suspect, je me mettais à zigzaguer et à marcher en titubant comme si j'étais sur le point de m'évanouir, et alors tout le monde s'écartait et me laissait passer comme si j'avais la gale, parce que tu sais bien que dans le Quartier il vaut mieux que personne ne te voie, mais, si on te voit, alors il vaut mieux qu'on te voie trop. Je veux dire que si tu attires beaucoup l'attention, on t'évite aussi. Et moi j'attirais beaucoup l'attention avec tout ce sang que j'avais par-dessus et en marchant de cette façon-là.

"Et j'ai marché comme ça pendant un autre bon bout de temps et j'étais mort de faim malgré les pommes que j'avais prises au marchand de fruits, et je suis arrivé à la limite du Quartier, à un parc grand et sec où, si tu le traverses, à l'autre bout commence la Belle Ville. Je suis entré dans le parc et j'ai lavé le sang de mon visage à une fontaine, parce que j'ai pensé que, là-bas, attirer l'attention n'était plus une bonne chose. C'était tout plein d'enfants, c'était l'après-midi, et j'ai vu une fille assise sur une pierre qui grimaçait devant un sandwich, c'était une fille maigrichonne avec les genoux écorchés, et je me suis assis à côté d'elle et nous nous sommes mis à parler. Elle a dit que sa mère l'obligeait à manger ce sandwich répugnant à la mortadelle, plein de petits morceaux noirs qui piquaient beaucoup, et c'était vrai que la mère nous regardait fixement depuis le banc d'en face, à quelques mètres, avec un visage furieux. J'ai dit à la fille que, si elle voulait, je pouvais faire comme si je lui volais le sandwich et elle a dit que oui, c'était génial. Alors je lui ai expliqué qu'elle devait regarder de l'autre côté et tenir le pain avec des doigts mous. La fille l'a fait et j'ai tiré d'un coup sur le sandwich et je suis parti en courant, j'entendais les cris de la mère dans mon dos mais bien sûr elle n'a pas pu me rattraper. J'ai mangé la mortadelle et je l'ai trouvée très bonne.

"Finalement je suis arrivé dans une gare, qui était l'endroit où je voulais arriver, parce que j'avais pensé m'en aller de la ville même si je n'avais pas encore décidé de quelle façon j'allais monter dans le train. Il y avait beaucoup de monde, des jambes rapides qui faisaient des pas de tous les côtés dans le hall, des valises et des sacs, des charriots et des paquets. J'étais très fatigué, vraiment très fatigué, et j'ai pensé que ce serait bon de dormir un peu. Alors j'ai profité de l'agitation et je suis entré dans les toilettes : je me suis mis dans l'une des petites cabines, j'ai fermé le verrou et je me suis couché par terre, blotti contre le mur à côté de la cuvette. Je me suis tout de suite endormi et je me suis réveillé je ne sais pas combien de temps après, avec un visage énorme à côté du mien et une main dure qui me secouait. J'ai eu une belle peur, parce qu'il s'agissait d'un policier. Il m'a soulevé dans les airs pour me sortir des toilettes et c'était un agent très grand avec un visage féroce qui criait des choses que je ne comprenais pas. Une femme policière est tout de suite arrivée avec une couverture et elle m'a pris dans ses bras, et j'ai mieux aimé.

"Nous sommes sortis de la gare, moi enveloppé dans la couverture et aux mains de la femme en uniforme, et dehors le ciel était très noir et la ville vide. Il devait être très tard, plus tard que jamais dans toute ma vie, à l'exception de la nuit de la kermesse et du Grand Feu, et pour la première fois j'ai été content que les agents soient proches. Nous sommes montés dans une voiture de police, tu aurais dû voir ça, toute neuve et avec un tableau de bord plein de lumières, et nous sommes allés au commissariat et ils m'ont donné du lait avec du cacao et des biscuits et un lit. Mais, malgré la fatigue que je ressentais, je n'arrivais pas à dormir parce que tout était très excitant, et j'ai pensé que c'était la barbe d'être aussi petit et que c'était pour ça qu'ils m'avaient arrêté.

"Je veux grandir, tu sais, je veux grandir très vite, le plus tôt possible. Et, quand je grandirai, je ne serai pas comme ma mère, non, parce que maman ne commande rien. Et je ne veux pas être comme mon père, parce que papa ne me laisserait pas être comme lui, il me tuerait avant s'il soupçonnait que j'allais devenir comme lui et que je pourrais lui prendre sa place. Et je ne veux pas non plus être comme la Naine parce que je ne la comprends pas, je n'ai pas d'imagination parce que je n'ai pas de temps pour ça. Et en plus, un jour, j'ai vu les garçons du Quartier lui jeter des pierres et peut-être bien qu'elle est une puissante sorcière, mais elle n'a rien fait d'autre que courir, et comme elle est si petite elle ne courait pas beaucoup. Alors j'ai décidé que je vais être comme grand-mère, mais comme grand-mère avant le Grand Feu, quand elle était si grande et commandait tellement, comme quand elle a sorti ce pistolet avec le Portugais et l'Homme Requin. Bien sûr j'ai l'impression qu'être grand-mère ça n'est pas une profession, je veux dire qu'il faut faire quelque chose d'autre pour gagner sa vie. Moi, je suis bon pour faire semblant, alors je crois que je peux être acteur. Et je peux aussi être commerçant, parce que j'aime bien les affaires. Mais ce que j'ai de mieux c'est ma mémoire, et je remarque beaucoup de choses et je connais bien tout le monde. Alors je crois que ça m'irait bien d'être maître-chanteur, comme on dit qu'est le mari de Rita, et c'est une profession qui brasse beaucoup d'argent, regarde un peu le magasin qu'a Rita. Et ça, je te le dis à toi mais ne le raconte à personne d'autre parce que c'est encore un secret.

"Le fait est qu'en pensant à tout ça j'ai dû m'endormir dans le commissariat, parce que je me souviens que quelqu'un m'a de nouveau réveillé et que c'était le jour. On m'a redonné encore du lait avec du cacao et encore des biscuits, et un monsieur est venu me voir dont on m'a dit qu'il était docteur, et un homme et une femme nouveaux qui ont commencé à me demander des choses. Je leur ai menti avec beaucoup d'éducation et je leur ai dit que je ne me souvenais plus de mon nom, que je ne savais pas où j'habitais et que je m'étais perdu. À propos de mon sourcil ouvert et du sang sur mon tee-shirt, que j'avais trébuché et que j'étais tombé, et des cicatrices des coups anciens j'ai dit qu'un garçon très méchant qui s'appelait Bagnole me les avait faites, parce que, comme il est mort, j'ai pensé que ça ne serait pas grave de le mentionner, et il est toujours bon de lâcher un nom pour qu'ils soient contents. Ensuite ils m'ont de nouveau mis dans la voiture et m'ont ramené à la maison, comme tu l'as vu. Ils m'ont tout le temps posé la même question en insistant beaucoup : comment on me traitait à la maison. Et j'ai toujours répondu que ma maman et mon papa m'aimaient beaucoup, parce que les policiers s'en vont mais les parents restent. Même les parents qui partent reviennent toujours."

Quand on était arrivés dans le nouvel appartement, après le Grand Feu, le lit de grand-mère était si étroit pour elle qu'elle en touchait les deux bords avec ses hanches et ses épaules. Mais, avec le temps, la couche s'était peu à peu relâchée autour de son corps, comme se relâchent les vêtements autour des hommes obèses qui tombent malades et maigrissent. Doña Barbara avait tellement rétréci qu'à présent c'était à peine si elle enflait un peu le drap, et ce uniquement au centre. Et ce n'était pas qu'elle eût perdu quelques kilos, mais elle avait plutôt rapetissé en des endroits du corps qui ne peuvent pas rapetisser, comme ses mains, qui auparavant étaient de grosses pognes dominatrices et des poings terribles, et n'étaient plus maintenant qu'un tas d'osselets, des araignées translucides qui passaient maladroites et lentes sur le rabat du drap.

Elle perdait quelquefois sa voix, ou peut-être qu'elle se trouvait si faible qu'elle n'avait pas la force d'exhaler l'air, et elle se signalait alors elle-même de sa main en fil de fer, et demandait par des gestes que nous la bougions un peu, que nous la poussions, que nous l'éventions comme on évente un enfant, pour rafraîchir un peu la brûlure des draps. Elle avait le corps plein de plaies et les membres comme morts, et à l'intérieur de tout ce carnage brûlait son intelligence entière. Elle qui s'était toujours si bien habillée et qui avait été si coquette, elle subissait maintenant l'humiliation d'un organisme sans contrôle, sale et décomposé. Elle était prisonnière de son corps, passagère forcée de son voyage biologique, et les jours passaient et elle restait là à attendre, assiégée par la fin des choses et les douleurs.

D'autres fois, en revanche, elle restait immobile comme une statue de marbre et rassemblait toute son énergie pour sortir un filet de voix presque inaudible :

– Quel temps fait-il dehors, demandait-elle sans point d'interrogation, parce qu'elle n'avait pas assez de souffle pour cela.

– Il fait beau, répondait chagrinée Amanda, qui, comme son fils, n'avait pas non plus d'imagination.

– Quel temps fait-il dehors, répétait doña Barbara comme si elle ne l'avait pas entendue.

Et alors Airelai, qui devinait ce que grand-mère voulait, lui décrivait la vie telle que celle-ci continuait d'être, torrentielle et impavide, de l'autre côté des fenêtres et de l'agonie :

– C'est un jour très clair aujourd'hui, parce que le vent a soufflé et a emporté ce qu'il restait du mois d'août. Au lieu de ces reliquats poussiéreux de l'été, qui traînaient dans les rues hier encore, aujourd'hui un air transparent qui sent un peu l'hiver est entré dans le monde. C'est un air extrêmement délicat et j'ai bien peur qu'il ne soit vite souillé. Mais, aujourd'hui, sentir son frôlement frais sur ses joues, et le lécher sur ses lèvres, est délicieux. Il a le goût d'une goutte de pluie.

Et doña Barbara clouait au plafond ses yeux brumeux et savourait ses souvenirs d'automne, qui faisaient partie du bagage intime et secret qu'elle allait emporter avec elle.

Quelquefois, grand-mère souffrait de crises au cours desquelles le brin de souffle qui lui restait semblait vouloir s'échapper de cette ruine d'os et de peaux. Elle se crispait alors et s'accrochait avec ses doigts en verre à l'appuie-tête du lit, un barreau recourbé au nickel tout piqué de taches. Et, ainsi agrippée au monde pour que le monde ne s'en aille pas, avec les yeux comme deux puits terrifiés et luttant contre l'angoisse noire, elle se mettait à réciter une psalmodie monotone :

– Je suis Barbara Mondragón Salva Jiménez Dársena… Je suis Barbara Mondragón Salva Jiménez Dársena…

Elle répétait son nom encore et encore pour ne pas perdre le souvenir d'elle-même, pour ne pas se diluer dans l'obscurité qui l'attendait, comme si elle préférait cette agonie d'horreur et de douleur à un néant peut-être doux et sans mémoire.

– Quel temps fait-il dehors…

– Un orage sec. Les éclairs courent dans le ciel, mais ici bas il ne tombe pas une seule goutte de pluie. Par contre, il souffle une brise qui soulève de petits nuages de poussière et qui griffe les jambes. C'est un jour étrange et l'air est jaune.

Airelai mentait en racontant ça, car l'après-midi était dégagé, gris et insipide. Mais les changements de saison ne se montraient pas au-dessus de notre cour, si bien que cela revenait au même de dire une chose ou l'autre.

– Pourquoi est-ce que tu es ici avec elle ? Pourquoi est-ce que tu la traites aussi bien ? a demandé un matin Amanda à la Naine, en chuchotant, pendant que grand-mère somnolait un peu.

– Et toi ?

– Moi, c'est normal. C'est mon lot.

– Pourquoi ?

– Qui va le faire, sinon ? C'est mon destin.

– Pourquoi ?

– Oh, pourquoi, pourquoi… Je n'ai pas de veine, tu le sais bien. C'est comme ça. Mais toi… toi, tu n'es pas obligée. Et elle n'a pas été gentille.

– Moi non plus, parfois.

– Je veux dire qu'elle est dure à aimer.

– Nous avons été ensemble pendant de nombreuses années. C'est une partie de ma vie. Je la connais bien et elle en sait long sur moi. Parfois la connaissance unit plus que la tendresse.

– Si seulement j'avais pu ne pas la connaître. Ni elle ni son fils.

– La vie est comme elle est. Pourquoi est-ce que tu t'embêtes à rêver que les choses auraient pu être autrement ? Les désirs projetés vers le futur font déjà suffisamment souffrir pour se torturer en plus avec des désirs stupides vers le passé. Mais tu me demandais pourquoi je suis ici et je vais te donner une réponse : pour voir comment c'est, pour continuer d'apprendre.

Grand-mère gravissait laborieusement l'ultime côte de son temps et sa poitrine rendait le son d'un soufflet plein de fissures. On avait du mal à croire qu'un être si minuscule et fragile puisse faire un bruit pareil sans se briser. Segundo a commencé à entrer dans sa chambre de temps en temps. Son visage sombre apparaissait, avec sa barbe drue et sa chemise sale, parce qu'il se laissait aller maintenant et ne s'arrangeait plus comme avant. Sa figure apparaissait et il fronçait le nez, parce que, quand bien même nous gardions la fenêtre ouverte, l'air de la chambre était aigre et dense. Au bout d'un moment, il avançait de quelques pas, se penchait sur le grabat de grand-mère et regardait et demeurait silencieux sans faire un seul geste. Il avait l'air d'une hyène qui attend le soupir final pour planter ses crocs.

– Quel temps fait-il dehors...

– Il neige, mentait la Naine. Le jour est opaque et lumineux, sans vent, et les flocons tombent très lentement. Tout est blanc et mou, très joli. Et il y a dans l'air un silence et une paix qui invitent au rêve.

Mais doña Barbara s'agrippait convulsivement au barreau piqué de taches et haletait sans vouloir céder du terrain dans la bataille, épuisant le cauchemar de son voyage. Quand les halètements sont devenus des râles, Amanda a jugé bon de prévenir Segundo. Celui-ci est entré dans la chambre la tête enfoncée entre les épaules et a rempli la pièce de sa présence énorme. Il s'est assis sur le lit, qui a gémi sous son poids. Il a scruté doña Barbara pendant quelques instants et alors, chose extraordinaire, il a pris l'une des mains arachnides de la vieille femme entre ses mains colossales. Ces doigts transparents sont restés là, agités de tremblements menus, délicatement et timidement bercés par les griffes de Segundo, qui observait sa mère avec attention et anxiété, comme s'il attendait quelque chose. Un certain temps s'est écoulé comme ça, alors que les minutes glissaient au fond de l'après-midi comme glissent les derniers grains d'un sablier. Alors grand-mère a ouvert grand ses yeux, a un peu redressé sa tête du lit, a contemplé son fils fixement et a dit :

– Maximo.

On a entendu un craquement horrible, l'éclat des os fragiles qui se sont brisés quand Segundo a brutalement fermé ses grosses mains sur celle de sa mère. Mais peut-être que doña Barbara ne sentait déjà plus rien, parce que, lorsqu'elle est retombée sur l'oreiller, elle était morte. Alors Segundo s'est levé et il a hurlé, hurlé comme un fou, comme un animal sauvage, avec un son inhumain et féroce qui a rebondi sur les murs de la chambre et nous a glacé le cœur. Et alors qu'Amanda, la Naine et moi croyions déjà que notre dernière heure était arrivée et qu'il nous découperait toutes en morceaux pour rassasier la haine qui vibrait dans son cri, il s'est retourné, a heurté le mur, a donné un tel coup sur la porte qu'il l'a arrachée de son cadre et il est sorti de la chambre en chancelant.

J'avais peur de trop grandir, de tellement changer que, lorsque mon père reviendrait, il ne pourrait pas me reconnaître. À la fin de cet été-là, j'ai eu une nouvelle poussée de croissance et, pendant plusieurs jours, il a fallu que je m'adapte à la nouvelle géométrie du monde, parce que maintenant mes yeux étaient au-dessus du gros verrou de la porte, dont je ne voyais auparavant le rebord de métal taché que si je me mettais sur la pointe des pieds, et les fenêtres avaient rapetissé, et je devais maintenant me baisser pour réussir à voir la partie inférieure du tiroir du placard, qui avait un nœud dans son bois qui ressemblait à l'œil d'un tigre.

J'avais peur de trop grandir et j'avais aussi une autre crainte plus désespérée, qui était celle d'avoir déjà irrémédiablement changé, parce que je me rappelais au milieu d'ombres mouvantes ce temps ancien, bien avant mon arrivée en train dans la ville et même avant cette bâtisse grise où j'étais restée, avec d'autres enfants tristes, pendant quelques années sombres, et je croyais voir confusément une grande silhouette de couleur bleue qui était sans doute mon père et qui caressait mon visage en silence d'un doigt bleu et tiède. Et mon visage d'alors devait forcément être un visage différent, parce que cela s'était passé à une époque reculée, où j'étais si petite que je n'étais pas encore moi-même. Je n'ai jamais douté du retour de mon père. Je savais qu'un jour il viendrait inévitablement, de même que viendrait l'Étoile, notre Étoile lumineuse des temps heureux, mais j'avais peur qu'il ne se souvienne pas de moi, qu'il passe devant moi sans même me regarder, comme s'il était aveugle ou moi invisible. Et j'en rêvais parfois : je rêvais que mon père passait à travers moi sans s'en rendre compte, et je n'avais pas de mains pour l'arrêter ni de voix pour le prévenir. Je n'étais qu'une poignée d'air transparent et lui un arbre bleu qui marchait seul.

Mais la Naine me disait alors de ne pas m'inquiéter, que le moment venu mon père me reconnaîtrait sans problème, comme les loups reconnaissent toujours, au milieu de la campagne glacée, les petits égarés issus de leur portée. Et que toutes ces craintes n'étaient que les peurs propres à l'attente, les fantômes de l'absence. Elle le savait bien, m'expliquait-elle, parce qu'elle aussi attendait un être cher, et les jours vides de l'attente tombaient sur son dos comme des gouttes de plomb fondu, douloureux et lents. C'est au cours de l'une de ces journées, peu après la mort de grand-mère, qu'Airelai nous a raconté ce qui suit :

“Je sais bien ce que c'est qu'un homme vous désire. Beaucoup m'ont désirée avec une nécessité qui est comme celle du feu, qui a besoin de continuer de brûler des choses afin de pouvoir survivre. Et, donc, il brûle de la paille s'il y en a à côté, et sinon du bois, ou du tissu, ou du carton. Des aubépines et des ronces, des herbes douces et des fougères, et même de petits animaux vivants qui tentent d'échapper à sa langue de braise. Le feu brûle sans discrimination, il dévore tout ce qu'il attrape. Et de cette même façon, si affamée et si aveugle, certains hommes ont voulu me brûler. Mais je suis incombustible pour ce type d'incendie, les flammes qui m'embrasent sont autres.

“Beaucoup m'ont désirée, pour des raisons diverses : parce que je suis un monstre et parce que je suis parfaite, parce que je suis très vieille ou parce que j'ai l'air d'une enfant. Tous ont voulu mon corps et l'ont eu. Certains, plus bestiaux et cruels, ont eu aussi ma douleur ou ma peur. Mais un seul homme a obtenu ma volonté et mon temps. Cet homme a fait de moi son esclave, parce que je l'ai aimé et je l'aime. Et la passion est une maladie de l'âme qui vous fait irrémédiablement perdre votre liberté. Il n'y a pas de passion sans esclavage, et si vous aimez quelqu'un sans ce sens de la défaite, sans cette dépendance anxieuse de l'être aimé, alors c'est que vous ne l'aimez pas pour de vrai. L'amour est la drogue la plus forte et la plus perverse de la nature. C'est un mal lumineux, qui vous dupe avec ses étincelles de couleur pendant qu'il vous dévore. Mais une fois que vous avez connu la vie fébrile de la passion, vous ne pouvez pas vous résigner à retourner au monde gris de la vie raisonnable.

"Quand je l'ai rencontré il a été bon avec moi, ce qui veut dire beaucoup, parce que c'était une époque dure pleine de gens rudes. Il avait des mains énormes et osseuses qui n'ont jamais laissé leur empreinte sur moi. Contrairement à son souffle, qui a gravé ses initiales dans mon âme. Si tant est qu'une petite âme ait sa place dans le corps des lilliputiennes. Il ne m'a jamais désirée avec la voracité aveugle du feu : il était avec moi, me parlait, m'écoutait. Il me regardait comme si mes yeux étaient à la même hauteur que les siens : il a été le seul homme qui m'a regardée comme ça. Nous avons passé de longues années ensemble. Je travaillais avec lui, je vivais avec lui, nous partagions tout sauf le lit. Mais ça ne m'importait pas vraiment, le manque de cette partie que des feux peu scrupuleux avaient calcinée. Quand j'étais avec lui, et j'étais avec lui plusieurs heures par jour, je me sentais comblée.

"Mais un jour quelque chose a mal tourné et il s'est vu obligé de fuir. Je l'ai vu faire sa valise à la hâte, certaine de le perdre. Les larmes coulaient sur mon visage et je n'ai pas pris la peine de les cacher, car j'étais convaincue que dans son agitation il n'aurait même pas le temps de me regarder. Et alors il s'est passé quelque chose de merveilleux, la plus belle chose qui me soit arrivée de toute ma vie. Il s'est retourné, m'a contemplée depuis ses hauteurs inatteignables et s'est exclamé :

"– Mais tu n'es pas encore prête ?

"Je me suis rappelé tant de fois ce moment que son visage s'efface, brouillé par l'usage de la mémoire. Mais je vois encore le contour de sa tête, l'ombre de son corps incliné sur moi, l'éclat de ses yeux entre ses traits brumeux, et je sens encore dans mon dos une langue de feu, la foudre qui m'a parcourue quand j'ai entendu ses paroles, un éclair de bonheur pur et complet. Je crois que j'ai lévité, que j'ai flotté, et jusqu'à la croix de Caravaca de mon palais a dû en devenir incandescente. Aujourd'hui encore, tant d'années plus tard, les yeux me piquent bêtement quand je m'en souviens.

“Nous avons parcouru ou plutôt couru à travers une grande partie du pays, sans passer jamais deux nuits au même endroit. Et nous avons finalement atterri dans une bonne cachette, dans une cabane en pierre perdue sur le flanc d'une vallée reculée. Et nous y sommes restés et nous avons été heureux.

“Vous êtes encore très jeunes et vous ne savez pas ce que c'est d'avoir sa vie derrière son dos, comme un sac confus de restes, de trésors et de déchets tout mélangés : un paquet qui grandit peu à peu sur vos épaules et pèse de plus en plus lourd. Les souvenirs se fondent dans la mémoire, les années passées, les désirs assouvis et inassouvis, les rêves et les larmes. Les scènes d'hier perdent la lumière et la pulsation de la vie, et s'empâtent d'un amalgame gris, dans une confusion d'images poussiéreuse et lointaine dont on dirait qu'elle n'a pas été vécue par vous, mais par une autre personne. C'est comme quelqu'un qui marche dans la campagne et traverse une vallée et monte sur une montagne, et il regarde alors en arrière et voit que la vallée par laquelle il est passé a été occupée par les ombres, et il est incapable de reconnaître le chemin qu'il a suivi dans ce territoire où la nuit commence à stagner. Parce que les houx qui auparavant brillaient tant au soleil ont à présent perdu leur éclat, et les fleurs n'ont plus de couleur, et la rivière n'étincelle plus, et les détours mêmes du chemin se distinguent à peine dans la distance et au milieu des ténèbres. Parce que la nuit qui nous attend dévore aussi peu à peu l'empreinte de nos pas.

“Mais il y a des fois, des moments de votre vie, qui restent fulgurants dans votre mémoire même si le temps passe. Et quand vous tournez votre regard en arrière, vous voyez ce souvenir flamboyant dans la grisaille informe du passé, comme une île de lumière dans une bouillie d'ombres. C'est comme ça que brûle aujourd'hui encore dans ma tête le souvenir des jours que j'ai passés avec lui dans cette cabane :

c'est un feu qui m'aveugle quand je tourne mon regard en arrière, un éclat qui fait mal. Au milieu des ombres de ma vie, ces jours-là demeurent éclairés.

"C'était une vallée très belle, presque abandonnée, avec quelques maisons en pierre et en ardoise. Sur ses flancs s'étendait une forêt ancienne et humide, avec des chênes millénaires et tordus couverts de champignons et de lichens, des châtaigniers feuillus aux fruits pointus, des houx hérissés, des fougères douces et spongieuses comme des plumes de paon. Le sol était aussi moelleux qu'un matelas, des couches et des couches de feuilles mortes, de tourbe, de racines, de champignons, d'organismes microscopiques, d'insectes laborieux et de bestioles de toutes tailles, le tout qui craquait et crissait et pourrissait avec l'imparable force de la vie. Et l'air sentait le foin fraîchement coupé, la mousse moelleuse, les vaches, la terre grasse et décomposée.

"Nous savions tous les deux que cela ne pouvait pas durer. Que nous étions des fugitifs et que nous nous trouvions dans notre ultime refuge. Je me sentais comme une condamnée à mort, ce qu'en vérité nous sommes tous, en train d'attendre que le bonheur s'achève : il s'achève toujours. Mais, en attendant, je buvais goulûment les jours, les heures, les minutes, en sentant passer la brise du temps près de mon visage.

"À côté de notre maisonnette il y avait un verger, propriété de l'homme qui nous louait la cabane. Tous les jours, la fille du maître y venait, une enfant de dix ou onze ans, et elle passait des heures assise auprès d'un beau figuier, à chanter une chanson après l'autre afin d'effrayer les oiseaux et de les empêcher de manger les figues charnues. Je l'écoutais chanter aux heures de soleil et de chaleur, pendant que les mouches bourdonnaient et que la montagne brûlait et qu'il dormait un moment sur notre grabat. Je le regardais dormir, tellement beau et tellement à moi quand il était immobile, et je savais que je ne pourrais jamais vivre rien de mieux.

"Au cours de ces instants-là, le monde prenait une géométrie parfaite, un ordre visible que je me sentais capable de comprendre. Je me trouvais à ma place, au lieu exact qui me correspondait dans l'univers, de même que se trouvaient à leur juste place toutes les autres créatures de la planète, et les végétaux, et les pierres. Je pouvais tout voir et tout comprendre dans ce moment d'équilibre. Les innombrables feuilles de la vallée, une par une, jusqu'à la plus petite. Les roches usées, plantées dans le corps de la terre. Chacune des fleurs, toutes différentes et frémissantes dans leur vie si brève. Les petites pattes des insectes minuscules, les ailes transparentes, les trompes suceuses. Et ce vacarme des bourgeons en train de pousser et des pétales en train de pourrir, des créatures en train de naître et de mourir, entre le vent fertile de la mort et le rugissement de la vie silencieuse.

"Jusqu'à ce que l'heure arrive, comme cela advient toujours inexorablement. Et ils sont venus dans la vallée, et ils nous ont trouvés, et ils l'ont emmené. Mais je sais qu'un jour il reviendra et je suis là à l'attendre. Pour lui je serai capable de tout : de tuer et de trahir, de mentir et de me renier moimême. J'ai toujours été maladroite, sauf avec lui. J'ai toujours été faible, sauf avec lui. J'ai toujours été une naine, sauf pour lui. Depuis qu'il s'en est allé, vivre pour moi n'est qu'attendre. Un temps de passage. Un temps mort.

"Je me souviens qu'à la tombée de la nuit le vent nous apportait de l'autre versant un tumulte de mugissements et de beuglements. Bien des fois, nous restions à contempler le coucher du soleil tandis que l'air se peignait d'un vert bleuté et que les cris épouvantables des bêtes parvenaient jusqu'à nous en ricochant. J'ai toujours cru que c'étaient des appels sexuels, des gémissements de la chaleur du rut et du plaisir. Mais ensuite, après qu'ils eurent découvert notre cachette et qu'ils l'eurent emmené, j'ai appris que ce vacarme provenait d'un abattoir et que c'étaient des cris d'agonie arrachés par le couteau du boucher. Depuis, chaque fois que je pense à ces derniers crépuscules, je les revois dans ma mémoire de la couleur du sang, beaux et transparents et terribles. La douceur et l'horreur sont ainsi proches l'une de l'autre dans cette vie si belle et si sombre."

La Naine a ouvert en grand l'étroite fenêtre de la chambre de doña Barbara pendant qu'Amanda contemplait le cadavre de grand-mère à la fois déconcertée et épouvantée, avec ses mains qui montaient et descendaient dans l'air à mi-hauteur, comme court-circuitées dans leur chemin vers la bouche. Je demeurais dans un angle, camouflée dans mon immobilité et dans mon silence, parce que j'étais sûre qu'elles me feraient sortir de la pièce si elles remarquaient ma présence. Je n'aimais pas être à côté du cadavre, mais j'aimais encore moins l'idée de sortir là-bas dehors, où devait se trouver, tapi dans un coin, ce Segundo terrifiant et hurlant.

– Et maintenant qu'est-ce qu'on va faire ? a balbutié Amanda d'une voix étouffée.

– Qu'est-ce que tu crois ? Il va falloir l'envelopper dans un linceul.

– Non... je veux dire... avec lui. Il est comme fou.

La Naine s'est hissée sur la chaise et est restée assise là un moment, à penser et à battre des pieds dans le vide.

– Eh bien, tu devrais t'en aller. Trouve-toi un travail, prends l'enfant et va-t'en.

– Je ne peux pas.

– Si, tu peux.

– Il nous tuerait.

La Naine a poussé un soupir et a frotté les paumes de ses mains sur sa jupe minuscule.

– Ne recommence pas. Écoute, je vais me remettre à travailler la nuit. Je te donnerai suffisamment d'argent pour que tu t'en ailles très loin. Pour que tu passes la frontière. Comme ça, tu seras à l'abri.

– Tu ferais ça pour moi ?

– Ça m'ennuie de te voir toujours si affligée et si craintive. Bien sûr que je le ferai. Pour moi, pas pour toi.

Airelai est descendue de la chaise d'un petit bond, s'est approchée de la commode et a sorti une bouteille d'alcool et une boîte de gaze.

– Apporte des draps propres pour le linceul.

Avec légèreté, sûre d'elle et silencieuse, la Naine a fermé la bouche de grand-mère et a maintenu son menton à l'aide d'un cordonnet, connaisseuse des procédés, experte exécutrice des rites finaux.

– Mais pas ceux-là, voyons ! a-t-elle grogné à l'attention d'Amanda, qui apportait une paire de draps fleuris bon marché. Ils doivent être blancs.

– Pourquoi ?

– Parce que. C'est évident.

– Comment tu fais pour savoir toutes ces choses ?

– Et toi, comment tu fais pour ne pas les savoir ? D'où sors-tu pour ignorer tout ça ? Des connaissances de base, des savoirs élémentaires de femme.

– À moi personne ne m'a expliqué…

– Toi, tu es une mutante, Amanda. Je te l'ai déjà dit. Tu es dans les limbes. Ce que tu as perdu est bel et bien perdu, et ce que tu as gagné, tu ne sais pas encore que c'est gagné. J'espère que, quand tu t'en iras, tu te dégourdiras un peu.

– Et la petite ? Je ne peux pas la laisser seule ici avec lui. Je l'emmènerai avec moi.

Mon cœur a fait un bond. Je voulais vivre avec Amanda et avec Chico, mais je ne pouvais pas partir. J'ai serré mes poings, j'ai senti le fil de mes ongles contre mes paumes. Je ne pouvais pas. Baba.

– La petite doit rester ici, à attendre son père, a lentement dit la Naine. Moi je m'occuperai d'elle, parce que moi aussi j'attends.

Et elle s'est alors retournée vers moi et m'a regardée avec de petits yeux noirs et brillants, impénétrables, qui maintenant se trouvaient très en-dessous de la ligne des miens. Elle m'a regardée pendant quelques instants et a froncé les sourcils, comme si ce qu'elle voyait lui déplaisait.

– Va-t'en... a-t-elle finalement dit dans un murmure.

– Airelai, s'il te plaît...

– Nous devons la laver. Va-t'en.

Je suis sortie de la chambre et le reste de la maison se trouvait dans le noir : le soir tombait et personne ne s'était soucié d'allumer une lumière. J'ai écouté le silence pendant quelques instants, aussi effrayée que l'animal qui attend, dans les broussailles, que le chasseur lui tombe dessus. J'ai cru entendre un souffle rauque qui venait de la cuisine, si bien que j'ai traversé l'étroit couloir sur la pointe des pieds et je suis entrée dans ma chambre. J'ai regardé d'abord sous le lit et, comme je m'y attendais, j'y ai trouvé Chico, perlé de sueur et enveloppé de peluches de poussière et de ténèbres.

– Qu'est-ce qu'il fait ? a murmuré le garçon d'une voix entrecoupée.

– Qui ? ai-je demandé même si je le savais.

– Lui.

– Je ne sais pas. Je crois qu'il est dans la cuisine.

Chico est sorti de sa cachette en rampant sur ses coudes. Il s'est assis par terre et m'a regardée, ses yeux étincelant dans la pénombre.

– Qu'est-ce que tu crois qu'il va se passer maintenant ?

Que mon père va venir et qu'il nous sauvera tous. Que nous vivrons ensemble, mon père, Amanda, la Naine, toi et moi, ensemble et heureux. Que nous partirons tous d'ici, nous nous en irons du Quartier, et Segundo restera là, assis pour toujours dans la cuisine. C'est ce que j'ai voulu dire à Chico, parce que j'avais la bouche sèche, et une boule de fer dans l'estomac, et la certitude que mon père ne pouvait pas tarder beaucoup plus, qu'il devait revenir maintenant, avant que grand-mère ne disparaisse tout à fait. Mais au lieu de raconter tout ça au garçon, j'ai vaguement haussé les épaules.

– Je ne sais pas.

Chico a froncé les sourcils et s'est rongé les ongles nerveusement. J'ai caressé la boule en verre froide que grand-mère m'avait offerte.

– Baba, baba, baba…

– Qu'est-ce que tu dis ?

Dans mon inquiétude je m'étais trahie, j'avais dit à haute voix, sans le vouloir, mon mot privé.

– Rien. Des choses à moi, ai-je grogné.

– C'est quoi ce "baba" ? a insisté le garçon.

– Ce n'est rien, je te dis. Une manie. Ça ne veut rien dire.

À ce moment-là, quelqu'un a frappé à la porte de la maison avec la jointure de ses doigts : un appel qui avait l'air convenu, cinq coups suivis et puis deux autres. Ma bouche s'est remplie d'une salive âcre. J'ai étiré mon cou et tendu mes oreilles, dans l'attente. La lumière du couloir s'est allumée et j'ai entendu les pas légers de la Naine en route vers l'entrée. Le clic du verrou, le grognement du battant de bois qui s'ouvrait. Et une voix d'homme inconnue, encore que pas tout à fait :

– Tu es surprise de me voir ?

Ça devait être lui : ça devait être mon père. Je me suis levée et je suis sortie de la chambre à petits pas : parce que j'avais envie de courir et en même temps j'avais peur, je voulais arriver à la porte et ne jamais arriver. J'avançais si lentement que Chico m'a doublée et a atteint le vestibule avant moi. Il s'est retourné vers moi d'un air inquiet :

– C'est ce policier, a-t-il murmuré.

Là, appuyé contre le cadre de la porte, se trouvait le type aux cheveux gris et à la chemise sale qui avait parlé avec Segundo la nuit du Grand Feu : c'était un commissaire de police, d'après ce que Chico avait appris ensuite. J'ai soupiré. Le type m'a regardée un instant et a fait un clin d'œil. Il m'a paru détestable.

– Nous sommes en deuil, a dit la Naine. Ce n'est pas un bon moment.

– Non ? a-t-il souri. Eh bien, je dois parler avec Segundo. Et je sais qu'il est là.

Airelai a pâli.

– Je vous dis que vous ne pouvez pas entrer. Respectez les morts.

– Mais les amis de la famille viennent à la veillée funèbre, n'est-ce pas ? Je croyais que toi et moi nous étions amis...

Il souriait avec sa bouche, pas avec ses yeux. La Naine a serré ses poings et s'est écartée. L'homme est entré dans la maison et a avancé directement vers le fond, comme s'il savait, suivi par Airelai, par Chico et par moi.

– Et ces ténèbres, ça veut dire quoi ? a ironisé le type en se penchant dans le trou noir de la cuisine. Tu te caches ou tu dors ?

Au milieu des ombres, à côté de la table, on distinguait la silhouette plus sombre de Segundo. Le policier a tendu le bras et enclenché l'interrupteur de la lumière. L'ampoule nue du plafond s'est allumée sur nos têtes comme un soleil sale et agonisant, le soleil misérable du Jugement dernier. Segundo a cligné des paupières, ébloui. Il avait les yeux gonflés, le visage bouffi et une expression d'abrutissement que je ne lui avais jamais vue. Il a vigoureusement frotté sa bouche contre le dos de sa main, comme si elle était tachée ou comme si des ombres étaient restées collées à sa gueule, et il a ensuite serré les jointures de ses doigts et les a fait craquer d'une façon horrible, presque le même son sec et brisé avec lequel s'étaient rompus, peu avant, les doigts de sa mère. Puis il a de nouveau étendu ses grosses mains, lourdes et inertes, sur le plateau de la table, entre les épluchures de pommes de terre, les couteaux sales et les miettes de pain. En face de lui, il y avait une bouteille de cognac ouverte remplie à moitié.

La policier a fait claquer sa langue d'un air satisfait, comme s'il était content de constater l'aspect lamentable de Segundo. Il s'est appuyé contre le cadre de la porte et a croisé les bras.

– Tu devrais te réjouir davantage de me voir. Je viens te rendre un service.

Segundo n'a pas bougé. Il gardait la tête basse et regardait fixement et de manière bovine un point incertain de la table.

– Je viens te dire quelque chose, a insisté l'homme, en faisant une nouvelle pause, dans l'attente.

Quelques secondes ont lentement traversé la cuisine blafarde et se sont sauvées en tictaquant par la fenêtre d'en bas, sans que personne ne bouge ni ne dise un mot.

– Maximo s'est enfui.

Au début, je n'ai ressenti aucune émotion. Peut-être que je n'avais pas compris dans toute leur portée les paroles du commissaire. Ou peut-être que je l'avais déjà deviné, que je le savais déjà. Nous sommes tous demeurés immobiles. L'homme a fait la moue, contrarié peut-être par le manque d'effet de la nouvelle.

– Nous supposons qu'il viendra par ici. S'il vient, je suis sûr que vous n'hésiterez pas à nous prévenir, n'est-ce pas ?

Silence. À côté de mon coude, j'ai perçu, sans regarder, la respiration brève et agitée de Chico, comme un petit animal effrayé et nerveux.

– Je ne crois pas que tu fasses long feu quand il arrivera, a ajouté l'homme avec irritation. Il vaut beaucoup plus que toi.

– C'est déjà trop tard, a retenti la voix de la Naine, étrangement crispée et rauque. Trop tard pour doña Barbara.

– Vous êtes une famille charmante, a soupiré le policier. Continuez de m'inviter à vos fêtes d'anniversaire.

Segundo a levé la tête et nous a regardés avec des yeux troubles. J'ai senti que le corps du commissaire se tendait à côté de moi, attentif et dans l'expectative. Segundo a lentement déplacé sa main droite sur la table et a saisi un grand couteau à la lame brillante et pointue, comme celle d'un poignard. Ce n'était pas un mouvement agressif ni subreptice, mais le geste paresseux et maladroit de quelqu'un qui veut jouer avec l'objet. Malgré tout, le policier a fermement écarté ses jambes sur le sol, cherchant un appui meilleur en cas d'urgence. Pendant un moment, Segundo n'a rien fait d'autre que nous regarder d'une manière hébétée et faire tourner le couteau entre ses doigts. Alors il l'a levé très lentement au-dessus de sa tête et l'a placé perpendiculairement à sa main gauche, qui était toujours étendue sur la table, la paume vers le bas, comme morte. J'ai respiré une fois et le couteau était encore là-haut, immobile dans l'air, braqué vers la main de façon menaçante. J'ai respiré une autre fois et il n'avait pas bougé. Mais lorsque j'ai rempli mes poumons pour la troisième fois, j'ai vu descendre la lame vertigineusement, un éclair d'acier se dessinant dans l'air. On a entendu un bruit sec et le couteau s'est enfoncé dans le dos de la main jusqu'à la poignée. Quelqu'un a crié, c'était peut-être moi. Le fer était si long qu'il avait dû se planter dans la table, cousant la chair au bois. Segundo nous a contemplés placidement, alors que nous tentions de retrouver notre voix et les battements de notre cœur. Puis il s'est mis à tirer sur le manche avec sa main droite et la lame a commencé à sortir centimètre par centimètre. Propre et éblouissante, sans une goutte de sang. Le couteau est sorti tout entier et le dos de la main était intact, sans blessure aucune. Segundo a doucement appuyé la pointe du poignard sur son index et l'acier s'est replié sur lui-même dans un soufflement doux de ressort bien graissé : c'était l'un des couteaux truqués de son numéro de magicien.

– Je savais qu'il était faux, je savais que tu n'en étais pas capable, a grommelé la Naine d'une voix coléreuse.

Amanda s'est mise à pleurer dans mon dos. Segundo s'est calé contre le dossier de la chaise et a sombrement levé vers nous la bouteille de cognac avant d'en boire une longue gorgée.

Souvent le malheur vient à vous comme une inondation : un jour nous nous croyons établis sur la terre ferme de notre sécurité et le lendemain nous découvrons que nos pieds sont plongés dans un marécage. La certitude du monde s'effondre autour de nous comme un jeu de dominos, jusqu'à produire, en partant d'une apparente broutille, la dévastation totale. C'est ce que m'a dit Rita, la femme du magasin, sauf qu'elle a employé d'autres mots :

– Tu vois tomber les gens à côté de toi, l'une a son mari qui est mis en prison, l'autre a un cancer, l'autre plus loin a un fils qui meurt, et tu crois tout le temps que tu évites les balles, parce que la vie, c'est moi qui te le dis et j'en sais un rayon, c'est comme une guerre. Tu crois que tu t'en tires, je veux dire, et que ce sont les autres ceux qui sont foutus, jusqu'au jour où, paf, la jambe en sang, ils t'ont eu. Et quand la peine commence à te bouffer, elle ne te lâche plus. Le malheur te dévore de la tête aux pieds.

Elle était en train de remplir des bouteilles impossibles à remplir à l'aide d'un appareil ingénieux et compliqué, une sorte de très grosse seringue.

– Ne va pas imaginer que ces bouteilles sont pour moi, non, non, non. Dans ma boutique, j'aime soigner la qualité. Ça, c'est pour Mariano, du bar d'en face. Il m'a demandé de lui mettre un alcool moins cher dans les bouteilles et moi je le fais parce que je peux et parce que je sais le faire. Si on vend ça au verre, dans un bar, on peut se faire comme ça une belle petite somme. Moi, comme je vends normalement à la bouteille entière, eh bien ça n'est pas pareil. Ça ne vaut pas la peine, parce que ensuite en plus les clients se fâchent.

Amanda m'avait envoyée acheter des boîtes de thon pour le dîner et moi, chaque fois que je le pouvais, je restais à traînasser un peu dans le magasin, parce que Rita me traitait comme si j'étais une grande personne et racontait toujours des choses intéressantes.

– Et le malheur t'attrape parfois plus tôt et parfois plus tard, mais il t'attrape. Regarde Amanda, par exemple. Une fille de bonne famille. Et avec de l'éducation, pas comme moi. Mais son père est mort, et sa mère n'a pas su quoi en faire. Elle ne me l'a pas raconté comme ça, mais je sais que ça a dû être ça. Et cette idiote est partie de travers. Elle était toute jeune quand elle s'est mise avec ton misérable d'oncle. Et je n'en dis pas plus parce que je ne veux pas. Elle a été bien bête. Il est bel homme, je ne dis pas le contraire. Mais on voit tout de suite que c'est un enquiquineur. Et en plus un bon à rien. Il n'a jamais su faire les choses correctement : il lui manque la substance. Ton père, au contraire, c'est ce qui s'appelle un homme. Et qui plus est un monsieur.

Pour ne pas trahir mon intérêt, j'ai passé un doigt sur le bord du comptoir en bois, en faisant mine d'être très occupée à arracher les écailles de la vieille peinture verte qui le recouvrait. Parce que j'avais constaté qu'il suffisait que vous montriez de l'intérêt pour un sujet pour que les adultes l'abandonnent immédiatement. Au bout d'un moment, j'ai levé les yeux et vu que Rita avait fait une pause dans son travail et me regardait avec attention. Elle a poussé un soupir :

– Et je n'en dis pas plus parce que je ne veux pas.

Elle a repris la seringue et a poursuivi ses micmacs. Au-dessus de sa tête bourdonnait le fil incandescent d'une lampe tue-mouches bleutée.

– Bien sûr que c'est parce qu'elle se laisse faire. Qu'il lève un peu la main sur moi, celui-là. Mon Juan est une vraie brute, mais il ne m'a jamais touchée.

Elle s'est penchée en avant, s'est appuyée sur le comptoir et m'a fait un clin d'œil :

– En plus, je suis plus forte que lui, a-t-elle murmuré, et elle s'est mise à rire en agitant sa puissante poitrine et ses bras démesurés.

Je lui ai envié sa force et sa hardiesse, et j'ai senti dans mon dos, comme si quelqu'un avait passé son doigt sur les marques, la brûlure des derniers coups de sangle que Segundo m'avait donnés. J'ai regardé mes mains, petites et faibles, et je les ai comparées aux grosses pognes de Rita, rougies et carrées et aux ongles blanchâtres à force d'être si épais.

– Eh bien je vais apprendre le karaté, ai-je dit.

– Le karaté ?

– Oui, ce truc qu'ils font à la télé, dans les films : ils donnent un coup de pied et ils cassent une porte. Et on n'est pas obligé d'être grand, et même pas d'être fort. J'ai vu dans un film qu'il y avait un enfant qui battait tout le monde.

– Ah, eh bien, très bien. Apprends à donner des coups de pied, ma fille, parce qu'il faut se défendre. Mais encore mieux que de savoir donner des coups de pied, il faut avoir une tête. Et réfléchir, et faire attention à ses arrières, et ne pas s'encombrer d'âneries romantiques. Écoute cette règle : si un homme te plaît beaucoup c'est qu'il ne te convient pas, ça c'est sûr. Et c'est moi qui te le dis et j'en sais un rayon. Mais, bien sûr, on n'apprend jamais de l'expérience des autres. Il faut que tu aies eu le cœur brisé deux ou trois fois pour que ça te rentre dans la cervelle. Les jeunes filles sont des folles. Enflammées. Moi aussi je l'ai été. Et je l'ai payé.

Elle avait fini de transvaser le whisky bon marché dans les bouteilles de marque et a rincé la seringue et l'a rangée.

– Et je n'en dis pas plus parce que je ne veux pas.

Elle a sorti un torchon et elle s'est mise à essuyer le comptoir. Elle frottait et frottait avec son chiffon au même endroit, en pensant à autre chose.

– C'est comme pour le fils du Portugais. Tu parles d'un scélérat. Parce qu'il y a malheurs et malheurs. Et puis il y a des ruines énormes, complètes, celles dont on ne peut plus jamais sortir. C'est pour ça qu'elle était comme ça la femme du Portugais, bien sûr. Comme un fantôme. Jamais vu quelqu'un avec pire allure. Comme folle, quand ils l'ont arrêtée. Avec les yeux comme ça, et une tignasse... Bien sûr que ça ne m'étonne pas, après ce qu'il s'est passé. Pires que des bêtes. Même un chien s'occupe plus tendrement de ses petits.

– Ils ont arrêté la femme du Portugais ?

Rita m'a regardée avec surprise :

– Mais tu n'es pas au courant ? Ça fait plusieurs semaines déjà... Peu après que ton oncle est revenu et que ce malotru s'est enfui... Pourtant on ne parlait pas d'autre chose dans le Quartier... Alors tu ne savais rien ?

J'ai dit non de la tête. Rita a mordillé sa lèvre inférieure et est restée à me regarder d'un air pensif, hésitant à me raconter l'histoire ou pas. J'ai attendu patiemment, convaincue qu'à la fin elle me dirait tout. Elle aimait trop parler pour pouvoir se taire.

– Eh bien c'est une chose horrible, ensuite tu ne vas pas pouvoir dormir si je te la raconte. Mais bon, c'est la vie, il vaut mieux tout savoir et qu'ensuite un scélérat ne tombe pas sur toi tout innocente et idiote. Le fait est que le Portugais est parti et quelques jours plus tard la Portugaise a été emmenée au commissariat. Il semble que quelqu'un les avait dénoncés parce que l'enfant qu'ils avaient, tu te souviens, un bébé d'un an et quelques, eh bien l'enfant avait disparu, il n'était plus là. Et ils ont cherché le gosse partout et finalement la femme a avoué qu'ils l'avaient tué. Et qu'ils l'avaient enterré cet été dans les champs abandonnés qu'il y a à côté du nouveau parc. Ils l'ont fait précisément le jour où le parc a été inauguré, quand toutes les grosses légumes de la ville étaient venues, tu t'en souviens ? Et ils sont allés à l'endroit que la femme disait et ils ont sorti la dépouille, et il se trouve qu'ils l'avaient enterré vivant, le pauvre petit.

Elle a sorti un verre de sous son comptoir et s'est servi un demi-doigt de whisky bon marché qu'elle avait transvasé. Elle l'a bu d'un trait, a toussé et s'est raclé la gorge :

– C'est vrai qu'il est très mauvais… Et toi, tu ne savais rien de tout ça…

– Non.

Je ne pouvais pas raconter, même pas à Rita, ce qu'avaient été les premiers jours du retour de Segundo. Sur la résistance bleue, au-dessus de nous, quelques mouches grillèrent bruyamment.

– Eh bien Chico le savait, j'en suis sûre. Je crois que c'est pour ça qu'il est parti de chez vous. Chico s'est enfui quand il a appris ce que le Portugais avait fait à son fils. À mon avis, il a pensé que Segundo aurait pu lui faire la même chose. Une sottise, parce que personne n'enterre vivant un enfant si grand, ça fait trop de bruit. On n'enterre vivants que les bébés.

Rita a pris le pot de barres de réglisse noires et rouges et l'a retourné et s'est mise à en sortir les morceaux cassés, les grumeaux et les moignons de pâte sucrée, des erreurs de fabrication qu'il y avait toujours dans chaque envoi. Elle en a fait un petit tas sur le comptoir, devant elle.

– Ensuite la femme a expliqué que l'homme l'avait obligée à le faire, parce qu'il pensait que l'enfant n'était pas de lui : le genre d'obsession des hommes fous et méchants. Maintenant, apparemment, celle qui est folle c'est elle, et ça ne m'étonne pas. On m'a dit qu'ils avaient attrapé le Portugais dans je ne sais plus quelle ville et qu'il est en prison. J'espère qu'en prison on lui plantera une barre dans le cul. Et je n'en dis pas plus parce que je ne veux pas. De toute façon, le Portugais n'a pas dû passer un très bon moment avec le commissaire, tu vois qui je veux dire ? Celui aux cheveux gris. Parce qu'on dit que ce type a eu un tas d'ennuis pour avoir démoli les détenus. On l'appelle le Marteau.

Elle a poussé vers moi les bouts de réglisse.

– Et c'est à cause de ça, de sa violence et de tous les problèmes qu'il a eus, qu'ils l'ont affecté au Quartier. Allez, prends les bonbons et va-t'en, ils doivent être en train de t'attendre chez toi. C'est plutôt drôle de penser que pour ce commissaire nous sommes une punition.

Depuis que grand-mère était morte, Segundo n'était pas sorti de la maison. Il descendait souvent au club et s'enfermait pendant des heures dans les loges, mais il n'a plus jamais remis les pieds dans la rue. Il ne faisait plus son numéro d'illusionniste avec la Naine et le club restait fermé nuit et jour. Apparemment, et à ma surprise, le local nous appartenait.

– Tu crois que le sortilège d'assaisonnement que nous lui avons fait est en train d'agir ? demandait Amanda à la Naine, dans un murmure, pleine d'espoir.

Car Segundo était méconnaissable, silencieux et absent. C'est à peine s'il mangeait et, en peu de temps, il avait maigri de façon remarquable. Ses vêtements pendaient sur ses épaules, qui maintenant semblaient pointues et accablées, et lui faisaient de grandes poches au bas du corps. Il marchait sur ses pantalons, parce qu'ils tombaient, et son visage avait perdu sa consistance charnelle et la force animale qu'il avait avant. À présent, la maigreur avait sculpté dans sa figure des pommettes hautes, et ses yeux brûlaient, grands et très sombres, au-dessus d'un nez beaucoup plus long. Segundo ne ressemblait plus à lui-même, mais plutôt à un autre : peut-être à son père mort, sur ce portrait aux yeux très ouverts que grand-mère avait eu sur sa table de chevet et qui avait brûlé dans l'incendie.

– Dis-moi, tu crois qu'il est sous mon influence ? insistait Amanda.

Et la Naine observait Segundo d'un œil critique et répondait :

– Non. Ce n'est pas ça. C'est parce qu'il est en train d'attendre.

Et ainsi passaient les jours et nous attendions tous. Segundo et moi, mon père. Amanda et Chico, qu'Airelai réunisse l'argent pour pouvoir s'en aller. La Naine, la venue de sa bonne Étoile. Les jours s'écoulent lents et poisseux pour celui qui attend. Les heures collent les unes aux autres dans un tourbillon sans couleur et la seule chose qui reste dans la mémoire, c'est la brûlure du désir. C'est pour ça que je ne me souviens de presque rien de ces derniers jours : ils sont un nuage gris dans mon passé. Et si je regarde vers ce temps-là, je ne me vois que d'une façon, toujours la même : sur la petite place à côté de la maison, assise sur le rebord de la fontaine inachevée qui plaisait tant à grand-mère, en train de surveiller le bout de la rue et de contempler les minutes qui tournaient à l'angle.

La nuit, c'était à peine si je dormais. Je me mettais au lit et j'éteignais la lumière, et c'était comme si un néon s'allumait dans ma tête. Impossible de fermer les yeux, impossible de se reposer : les nerfs de mon corps étaient des fils de feu. Je m'agrippais au bord de mon lit étroit, sur le dos, et l'obscurité tournoyait en face de moi. Quelque chose me manquait, quelque chose me poursuivait, quelque chose me faisait mal. Ce furent des journées tendues et des nuits angoissantes, les nuits et les jours des derniers temps.

C'est à ce moment-là que j'ai commencé à m'enfuir de la maison pendant que tous dormaient. J'attendais que Chico se perde dans la respiration profonde des rêves et je m'habillais alors à tâtons avec les vêtements que j'avais laissés au bord du lit. Je sortais sur la pointe des pieds : le couloir était si sombre qu'on ne remarquait aucune différence de vision si on fermait les paupières. Mais je connaissais par cœur tous les recoins et tous les pas. Et les dalles qui dansaient et tintaient, afin de les éviter. J'ouvrais la porte et j'emportais avec moi la clef qu'Amanda laissait toujours à l'intérieur de la serrure, afin que l'entrée ne puisse pas être forcée avec un passe-partout. Je descendais ensuite les escaliers intérieurs et là venait le pire : traverser le club fermé et sortir dans la rue. On n'y voyait toujours rien, pas même l'ombre des doigts placés à quelques centimètres du visage. Mais je savais qu'à présent l'immensité lugubre du club s'étendait tout autour dans les ténèbres, tout comme ne m'entourait auparavant que l'insécurité du couloir de la maison. Et cet espace immense et immensément sombre contenait des peurs plus grandes. Je traversais alors les ombres sans respirer et à toute allure, jusqu'à réussir enfin à atteindre la porte du club et à sortir dans la rue, dans le soulagement de l'air libre et la lumière des lampadaires.

Ni la nuit ni la rue ne me faisaient plus peur, ou alors elles me causaient juste une peur relative, la peur sage et nécessaire de la survie. Je me rappelais mon arrivée au Quartier avec Amanda et la panique de ces portes rouges et de ces lumières, de ces hommes chuchoteurs qui semblaient prêts à nous dévorer. Je les connaissais maintenant presque tous par leurs noms : celui-ci était le Mico, celui qui était boiteux le Marguerite, celui avec un grand nez tout plein de poils Paco Pipas. Et je savais maintenant qu'ils étaient dangereux en effet, des hommes méchants et fous, comme dirait Rita, mais c'étaient aussi des hommes avec des coutumes et des normes qu'ils respectaient en général. J'étais disposée à suivre toutes les règles, si je les rencontrais : à être humble et obéissante. Mais je faisais surtout en sorte que personne ne me voie. J'étais petite et maigre et je savais comment me faufiler au milieu des ombres.

J'ai vagabondé comme ça pendant plusieurs nuits, en surveillant toujours l'horizon pour le cas où je verrais un étranger. Je parcourais les rues principales, celles dont le passage était obligé pour traverser le Quartier, et quand le ciel commençait à déteindre en ligne sale de couleur grise à côté des toits, je retournais à la maison et au lit. Et alors je dormais vraiment, d'un sommeil comme la mort, sans images.

J'avais toujours évité la rue Violette, celle avec les lueurs aux fenêtres, qui démarrait perpendiculairement, trapue et courte, depuis l'une des rues principales du Quartier. Airelai, Amanda et grand-mère m'avaient interdit d'y mettre les pieds, et je n'y ai pas mis les pieds pendant de nombreuses nuits. Mais doña Barbara était morte, la maison avait brûlé,

Segundo ne nous regardait même pas. Je veux dire que le monde avait tellement changé que les vieilles interdictions commençaient à avoir l'air trop vieilles. Une nuit, je suis arrivée à la limite de cette rue secrète et attirante et sans réfléchir j'ai fait un pas en avant, et puis un autre. Je me suis arrêtée, j'ai regardé autour de moi et j'ai constaté que je m'étais déjà enfoncée d'environ un mètre dans la rue Violette. Qui ne s'appelait pas Violette en vérité : j'ai lu une plaque municipale clouée au mur et qui disait rue des Cistes. Les fenêtres éclairées commençaient quelques mètres plus loin. Il y avait des voitures, pas beaucoup, garées à côté des trottoirs, et pas mal d'hommes qui se promenaient lentement à côté des fenêtres. Je n'aimais pas ces hommes : il y avait trop de lumière et trop de gens et ils me verraient, et peut-être qu'ils se mettraient en colère et me diraient : "C'est une rue interdite aux petites filles", comme me l'avait dit doña Barbara, longtemps auparavant, avec sa voix de tonnerre.

Mais maintenant que j'étais là, la curiosité était insupportable. La rue s'étendait devant moi, droite et courte, tombant dans le sens de la descente. La partie lumineuse ne comprenait pas grand-chose. Sans doute que j'aurais pu la traverser rapidement, comme si j'allais faire une commission, chercher des médicaments pour ma grand-mère morte, avant que l'un de ces hommes ne fasse attention à moi. De fait, et pendant que je réfléchissais à tout cela, deux ou trois types étaient entrés dans la rue et étaient passés à côté de moi, parmi les ombres, sans même me jeter un coup d'œil. Cela a achevé de me décider : j'ai serré les poings, pris une respiration et je me suis lancée d'un bon pas dans la descente.

En quatre enjambées, j'ai atteint la partie éclairée et je suis entrée dedans comme on plonge dans une piscine : j'ai presque été surprise de ne pas entendre le bruit des éclaboussures. J'ai cligné des yeux, aveuglée et étourdie par cette lumière violette extraordinaire, qui écrasait les figures et les objets et absorbait la couleur des choses. C'était un air livide et pesant. Les mouvements, là-dedans, paraissaient plus lents, de minutieux et interminables mouvements de vidéo ralentie ou de cauchemar. J'ai regardé autour de moi : des yeux vitreux, un muscle qui tremblait doucement sur une joue, un doigt qui se dressait dans l'air très lentement. Les hommes de la rue ne me voyaient pas : ils étaient tous concentrés à regarder les murs. Et, dans les murs, il y avait des baies vitrées fantasmatiques, de grandes verrières resplendissantes qui s'ouvraient sur de petites pièces. Et, dans chaque petite pièce, il y avait une femme qui souriait aux hommes de l'autre côté de la vitre, ou leur faisait des gestes, ou les ignorait, baignée de la lumière violacée des néons.

Certaines femmes étaient vêtues de bandes de plastique noir très brillant, des bandes qui s'emmêlaient pleines de punaises autour de leur gorge, qui s'enroulaient le long de leurs jambes comme des serpents, qui entouraient leurs poitrines, laissant le téton à l'air. Il y en avait d'autres en chemises très courtes, satinées et de couleurs diverses, peut-être rouges, vertes, jaunes : tous les tons étaient saturés par cet éclat violet et étaient rouge sombre, vert blafard, jaune sale. Elles s'asseyaient sur des fauteuils tapissés, ou sur des chaises laquées, ou sur des tabourets. Elles croisaient leurs jambes et montraient des fesses extrêmement pâles. L'une des femmes était l'être le plus gros que j'avais jamais vu. Elle avait des cheveux blonds avec les racines noires, des lèvres violettes, une robe de chambre molletonnée trop petite pour elle. Assise comme elle l'était sur son sofa, sa robe de chambre s'ouvrait et laissait voir une poitrine tremblotante, grosse comme une roue. Dans sa petite pièce, il y avait une lampe sur pied avec un abat-jour à carreaux, une kitchenette propre et rangée, une fausse cheminée avec un chat en plâtre, un calendrier mural avec la photo d'un chien et d'une petite fille, une table avec un grille-pain et quelques tasses, comme si on était au milieu du petit-déjeuner. Mais les tasses étaient toutes propres. La géante écartait ses jambes démesurées et au fond du tunnel de chair de ses cuisses on voyait un buisson noir qu'elle caressait. Un homme rugissait de ce côté-ci de la vitre, proche de moi, et le son résonnait et se déformait, comme le font les bruits sous l'eau.

L'image des choses semblait aussi se déformer : la réalité que je voyais n'était pas solide. Les hommes transpiraient une sueur violette, bien qu'il ne fasse pas chaud, et mes pas résonnaient sur le pavé comme si le sol était creux. Il y avait beaucoup de baies vitrées sur les deux trottoirs : certaines étaient fermées, les rideaux tirés. Mais dans les autres toutes ces femmes se pavanaient, blondes et brunes, jeunes et vieilles. Un étourdissement de lèvres maquillées, d'habits chatoyants, de voiles emmêlés. Et tous ces corps. Il m'a semblé reconnaître certaines femmes sous leur maquillage épais : des habitantes du Quartier auxquelles Chico montait leur café en plein après-midi. Mais pas la grosse femme, celle-là non. J'ai touché mon front parce que je me sentais fébrile, mais ma peau était froide, un peu humide.

J'avais déjà traversé presque toute la rue quand je l'ai vue. Sa petite pièce était décorée de soieries orientales : des étoffes très belles, je le savais, même si elles avaient ici une couleur maligne, purulente. Elle portait une ceinture dorée, qui tombait sur ses hanches, et d'où pendait un rideau de perles en cristal. À part ça, elle ne portait rien. La première chose que j'ai vue a été sa jolie ceinture, et les soieries du fond. J'ai ensuite reconnu sa taille et sa silhouette. Airelai était assise sur une chaise minuscule, avait les genoux serrés, les mains appuyées sur les genoux. Le corps très brun et très petit. Je ne l'avais jamais vue nue auparavant. Elle avait de la poitrine. Comme celle d'Amanda, elle, oui, je l'avais vue, mais toute petite. Une poitrine très étrange sur un corps de petite fille. Elle s'est levée et a appuyé un pied sur sa chaise. Les fils de cristal se sont ouverts et un triangle de chair de la couleur du bronze est apparu, avec une fente au milieu. Elle était comme moi, elle n'avait pas de poils. Le Bagnole m'avait méprisée d'être si pelée, mais à présent un gros type qui avait l'air d'être un peu ivre s'était approché de la fenêtre et léchait la vitre avec sa langue rose.

Alors, Airelai m'a vue : elle a baissé la tête et a découvert mes yeux. J'ai voulu fuir et je n'ai pas pu, tant elle me regardait fort. À ce moment-là, un vieil homme tout chauve est arrivé et a frappé à une porte qu'il y avait à côté de la fenêtre. La Naine s'est approchée et a ouvert. Une bouffée d'air tiède qui sentait le santal est sortie de l'intérieur de la petite pièce :

– Aujourd'hui non, Matias, a doucement dit Airelai en posant sa main sur la poitrine de l'homme.

– Comment ça, non ? Et pourquoi non ? a-t-il dit avec suspicion.

– Regarde, on est venu me rendre visite, je ne m'y attendais pas, cette nuit je ne peux pas.

Le vieux s'est retourné et m'a regardée. Il a cligné des yeux et a ri.

– Mais vous êtes deux ! Je ne savais pas qu'il y en avait une autre. Encore mieux, je reste.

– Non, Matias ! Elle n'est pas comme moi, regarde bien. C'est une vraie petite fille.

Le vieux m'a de nouveau regardée avec une expression stupide. Il a froncé les sourcils, soucieux :

– Oui, c'en est une, oui ! Ce n'est pas un endroit pour les petites filles, ma Douce… a-t-il reproché à la Naine.

– Je sais, je sais. Je ne savais pas qu'elle allait venir, je te l'assure.

Le type a poussé un soupir et puis m'a doucement tapoté la joue. Il l'a fait avec gentillesse, mais il m'a dégoûtée.

– Très bien, très bien, je m'en vais. Mais je reviens demain !

– Bien sûr, je serai là à attendre.

– Bonne nuit, a murmuré le vieillard, et il s'en est allé en clopinant vers le bas de la rue.

– C'est un brave type, a commenté la Naine. Nous avons eu de la chance. Rentre.

Elle m'a saisie par le bras et m'a fait monter les marches et entrer dans sa petite pièce. Elle a fermé à clef la porte derrière moi et a immédiatement tiré les rideaux. Elle s'est retournée vers moi, a croisé ses bras sur sa poitrine nue et ses yeux ont lancé des éclairs :

– Si on te voit avec moi, on va m'enlever ma licence et il est probable qu'on me mette en prison. Que diable viens-tu faire par ici ?

Je n'avais jamais vu la Naine si en colère. La tête me tournait, j'avais des nausées. À l'intérieur de la petite pièce, avec les rideaux tirés, l'air était d'une couleur violette incandescente, un air vénéneux et irrespirable. J'ai voulu parler et j'ai entendu, assourdissant, le bourdonnement électrique des néons. J'ai ensuite ouvert les yeux et j'étais par terre, avec le visage de la Naine au-dessus de moi.

– Tu t'es évanouie, a dit Airelai d'une voix tranquille. Mais ce n'est pas grave. Tu vas mieux.

J'entendais encore le murmure du néon, mais plus aussi fort.

– Cette lumière… me suis-je plainte.

– Oui, elle est horrible, pas vrai ?

La Naine a allumé une lampe de table avec un abat-jour en parchemin et elle a ensuite éteint les deux tubes fluorescents. Le monde a subitement paru retrouver ses ombres et sa densité, la réalité matérielle dont il avait toujours été fait. Je me suis assise par terre, très soulagée.

– Je me sens mieux. Bien mieux.

– Viens là. Doucement quand tu te lèves.

La Naine avait mis une robe de chambre en soie couleur piment et avait grimpé sur un lit plein de coussins qui se trouvait contre le mur. Je me suis assise à côté d'elle. Elle était très sérieuse et moi vaguement triste.

– Pourquoi est-ce que tu es venue ? a-t-elle demandé.

J'ai haussé les épaules.

– Je ne sais pas.

– Tu m'as suivie ?

– Non. Je ne savais pas.

– Tu ne savais pas quoi ?

– Que c'était comme ça. Que tu étais là.

– Qu'est-ce que tu penses que je fais ici ?

Je l'ai regardée. Quelque chose de sale, j'ai pensé. Quelque chose de sale et d'humide et d'horrible. Comme la langue de ce gros type.

– Je ne sais pas.

– Réponds-moi.

– Te frotter avec des hommes. Des choses sales.

La Naine a soupiré.

– Je travaille. Ce n'est pas le meilleur travail qu'une fille puisse avoir, mais je gagne de l'argent. Et avec cet argent Amanda et le petit pourront s'en aller. Comment tu croyais que je gagnais les billets que j'apporte le matin ?

– Je ne sais pas. J'ai pensé que tu faisais des sortilèges et des choses de magie.

La Naine a ri et a allumé un nouveau bâtonnet de santal dans le brûle-parfum. J'ai trouvé que ça sentait un peu l'odeur de grand-mère, la chambre de doña Barbara dans la première maison.

– C'est quelque chose comme ça, en réalité. J'ensorcelle les hommes. Je fais de l'illusionnisme, parce que je mets des illusions dans leurs têtes... ou un peu plus bas.

Elle a de nouveau ri.

– Je fais en sorte qu'ils me désirent et je réalise leurs désirs. Y a-t-il prodige plus grand que la réalisation d'un désir ?

Je n'ai pas répondu parce que je ne comprenais pas la question. Et parce que je savais qu'elle n'était pas en train de parler avec moi, mais avec elle-même.

– Mais non, tu as raison, c'est un travail sale. Et laid, et dégoûtant, et parfois dangereux. Même si on y gagne beaucoup d'argent, mieux que dans d'autres endroits. Et puis, que diable, il y a pire, je te l'assure. Enfin, j'arrêterai quand j'aurai réuni la quantité suffisante.

– Moi, je sais où il y a de l'argent. Beaucoup d'argent, ai-je murmuré.

– Ah oui ?

– C'est Segundo qui l'a. Une valise entière. Il l'a cachée dans les loges. Dans l'armoire aux projecteurs. Il faut tout enlever, les étagères et tout, et enlever un morceau de bois qu'il y a derrière. Et là, il y a un trou avec la valise.

– C'est donc là qu'elle se trouve... a dit la Naine, songeuse. Tout ce temps si proche.

Elle a secoué la tête de façon résolue :

– Mais cet argent ne peut pas nous servir. Nous ne pouvons pas y toucher. Il est couvert de sang et il a un propriétaire. Amanda ne peut pas s'en servir pour partir, alors je n'ai pas d'autre solution que de rester encore quelques nuits dans ma fenêtre.

J'ai pris entre mes doigts un bout de sa robe de chambre en soie. Elle avait un toucher froid et doux, comme la boule en verre qui pendait à mon cou.

– Airelai…

– Quoi ?

– Airelai, quand Amanda et Chico partiront… Tu ne t'en iras pas, pas vrai ?

La Naine a poussé un soupir et frotté son visage dans ses mains ouvertes. Puis elle s'est penchée vers moi et m'a regardée dans les yeux :

– Ne t'inquiète pas, a-t-elle dit doucement. Je resterai avec toi jusqu'à ce que ton père revienne.

– Moi je sais pourquoi Chico s'est enfui de la maison, m'a dit un jour la Naine. Et ça n'a rien à voir avec ce que vous croyez tous.

C'était à l'heure de la sieste et nous étions toutes les deux dans la cuisine, moi en train de faire des découpages avec les pages d'une vieille revue et Airelai, qui venait de se lever, en train de prendre un café et une tartine de pain grillé. Elle avait placé un monticule de coussins sur sa chaise, comme toujours, pour pouvoir atteindre le plateau de la table. La Naine avait une vie bien organisée afin de compenser la petitesse de sa taille : elle attachait de longues ficelles aux loquets des portes et des fenêtres, par exemple, pour ne pas avoir à se dresser sur la pointe des pieds pour ouvrir et pour fermer. Et elle possédait un joli petit tabouret en bois peint en rouge, avec un trou dans le plateau supérieur pour l'attraper, dont elle se servait toujours lorsqu'elle devait monter sur une chaise ou qu'il lui fallait atteindre quelque chose. Cette fois-là, cependant, et contrairement à son habitude, elle n'était pas allée chercher son tabouret, qui se trouvait peut-être dans les loges, en bas des escaliers, et avait tendu ses petits bras vers moi pour que je la hisse sur la chaise. J'ai pris ma respiration, je l'ai serrée dans mes bras, je l'ai soulevée de toutes mes forces et je l'ai facilement assise sur les coussins. Elle ne pesait rien. Je crois que j'ai rougi, parce que c'était la première fois que je la soulevais dans les airs. Elle, en revanche, elle avait l'air très tranquille. Airelai a fini son bol de café, elle s'est calée contre les gros coussins et a commencé à me raconter ce qui suit :

“Ça s'est passé un matin, peu après que Segundo fut revenu. J'ai vu Segundo entrer dans la chambre de doña Barbara et refermer la porte. Il est resté dedans assez longtemps, peut-être une demi-heure ou peut-être plus, et on entendait le marmonnement indistinct de leur conversation. À la fin, on a entendu Segundo crier : 'Mais qu'est-ce que tu veux que je fasse de plus ? Je t'ai débarrassée de ce type, et je l'ai fait moi, moi seul !' Il y a eu quelques minutes encore de chuchotements serrés, et puis Segundo est ressorti de la chambre de façon impétueuse et le visage congestionné. Il est allé dans la cuisine, il a pris sa bouteille de cognac et il s'est laissé tomber sur une chaise. Mais il n'a pas bu. À dire vrai, il était complètement sobre. Il est resté un bon moment immobile, la bouteille saisie par le goulot, le regard perdu sur le mur.

"Je me trouvais dans la cuisine ainsi que Chico, que l'entrée de son père avait pris par surprise. Le garçon était en train de jouer par terre, à côté de la fenêtre, avec ses voitures en métal. Quand il a vu arriver Segundo, il s'est mis en tension : j'ai compris qu'il aurait souhaité aller dans sa chambre, mais pour ça il devait passer à côté de son père, une proximité pas toujours prudente. De plus, il se trouvait dans le dos de Segundo, de sorte qu'il a dû penser qu'il pourrait passer inaperçu s'il ne faisait pas de raffut et restait immobile.

"Un certain temps a passé comme ça sans qu'aucun d'entre nous ne bouge, jusqu'à ce que Segundo, sans changer de position, dise clairement : 'Chico.' Le garçon s'est agité mais n'a rien fait. 'Chico, a répété le père d'une voix tranquille, viens ici.' J'ai vu le garçon pâlir. Il s'est levé et a fait le tour de la table, lentement et en tremblant, jusqu'à se placer de l'autre côté du plateau, en face de Segundo. Alors celui-ci s'est raclé la gorge et a frotté ses grandes mains avec gêne : ses jointures craquaient comme du bois sec. Il a regardé son fils et a souri. Segundo en train de sourire ! Je crois que c'est la première fois que j'ai vu quelque chose comme ça. Chico aussi ne devait jamais l'avoir vu, parce qu'il a eu un visage encore plus effrayé. 'Viens ici', a dit Segundo en tapant sur ses genoux avec ses mains. Le garçon a avancé d'un petit pas minuscule. 'Ici', a répété Segundo, et Chico a fait un autre pas traînant. 'Si tu veux, je peux te raconter une histoire', a dit Segundo, et le garçon demeurait complètement rigide et agrippé des deux mains au bord de la table, comme un oiseau. 'N'aie pas peur, viens ici et je te raconterai une histoire très jolie', a insisté Segundo en souriant toujours. Chico a encore avancé d'une miette vers lui, un demi-centimètre d'air, rien à peine, le plus petit déplacement imaginable. 'Regarde, pour que tu sois tranquille, tu peux choisir. Si tu veux, tu peux t'en aller, et si non, si tu restes avec moi, je te raconterai un conte très amusant. Dis-moi, qu'est-ce que tu préfères : rester ou t'en aller ? Allez, mon gars, réponds, personne ne va rien te faire...' Le garçon a timidement tourné la tête vers la porte. 'Qu'est-ce que tu dis ? Qu'est-ce que tu veux ? T'en aller ou rester ?' insistait Segundo tout sourire. 'M'en aller', a balbutié Chico sur un ton de voix presque inaudible. 'Et si en plus de te raconter l'histoire je te donne cet argent ?' a dit Segundo en sortant un billet de sa poche et en le montrant allègrement à son fils. Chico a répété : 'M'en aller. S'il te plaît.' Et il s'est alors produit quelque chose d'épouvantable : Segundo a regardé l'enfant fixement et a commencé à pleurer. Ça a d'abord été des larmes rondes et silencieuses, de grosses larmes qui glissaient sur ses joues alors que ses lèvres restaient pétrifiées dans un sourire. Et il s'est ensuite effondré tout entier comme un ballon crevé, sa lourde tête est tombée sur sa poitrine, ses épaules se sont écroulées, son dos accablé a commencé à être secoué de sanglots. Il avait le visage tordu, une expression monstrueuse. Les pleurs sortaient à flots de ses yeux, je n'ai jamais vu quelqu'un pleurer de cette façon-là. J'ai regardé Chico : il était terrorisé, avec un regard d'incrédulité et d'horreur rivé sur son père. Je l'ai appelé, pour essayer de le calmer, de le rasséréner : 'Chico, je lui ai dit, Chico, ne t'inquiète pas.' Mais le garçon ne m'a même pas entendue. Tout à coup, il a paru retrouver sa mobilité : il s'est décollé de la table et il est parti de la cuisine en courant, avec l'agilité rapide d'un écureuil qui fuit un danger. Et le lendemain matin il est parti de la maison.

"Je n'ai raconté cette scène à personne jusqu'à présent, et peut-être que je n'aurais pas dû te la raconter à toi. Je ne l'ai pas dit à Amanda parce qu'elle n'y aurait rien compris : ni la cause des larmes de Segundo ni la fuite du garçon. Toi non plus tu ne comprends pas, mais, comme tu es une petite fille, le fait de ne pas comprendre ne te fait pas encore de mal.

"Les adultes, en revanche, ne supportent pas de ne pas comprendre quelque chose parce qu'ils ne sont pas capables d'admettre le mystère. Et ils s'inventent des milliers d'explications stupides pour remplir le vide de ce qu'ils ne comprennent pas. Ils s'accrochent à ces explications idiotes d'une manière fanatique, plus elles sont stupides et plus ils les défendent aveuglément, et ils en viennent même à tuer pour elles, à égorger à cause de leur peur du vide et de leurs erreurs.

"Je connais Segundo depuis très longtemps, depuis ces lointaines années où je travaillais dans le spectacle de magie de son père. Il n'était pas vilain garçon. Il a toujours été très différent de son frère, même physiquement. Segundo, large et charnu. Maximo, souple et osseux. Mais les deux étaient grands, de beaux garçons. Maximo ressemblait plus à son père, il avait même ses yeux bleus. Le visage de Segundo, en revanche, m'a toujours fait penser à la figure d'un chien, avec ce museau puissant et humide. Je parle d'avant, de bien avant, de l'époque où il n'avait pas autant maigri, où il n'avait pas les yeux enfoncés, où on ne lui avait pas taillé cette cicatrice horrible. C'est en ce temps-là qu'il a rencontré Amanda, qu'il l'a séduite. Peut-être qu'alors c'était un homme bon, je ne sais pas : ce visage de fou lui est venu après. Les hommes sont une énigme pour les femmes. Et les femmes en sont une pour les hommes. Mâles et femelles sont des planètes séparées et secrètes qui tournent lentement dans la noirceur cosmique. Et quand leurs orbites se croisent, ça fait des étincelles.

"L'amour n'est rien d'autre que la nécessité pressante de se sentir avec un autre, de se penser avec un autre, de cesser de subir l'insupportable solitude de celui qui se sait vivant et condamné. Et, donc, nous cherchons dans l'autre non pas qui est l'autre, mais une simple excuse pour imaginer que nous avons rencontré une âme sœur, un cœur capable de palpiter dans le silence assourdissant qui se trouve entre les battements du nôtre, pendant que nous courons à travers la vie ou que la vie court à travers nous jusqu'à nous achever.

"Je vais te dire autre chose que tu ne sais pas : nous, les lilliputiens, nous sommes les héritiers directs du paradis. Tu te souviens de cette photo couleur sépia qu'il y a dans ma malle ? Celle de cette toute petite femme en jupe à volants ? C'est Lucía Zárate, ma préceptrice : c'est elle qui m'a enseigné, alors qu'elle était déjà très vieille, les secrets de notre religion, le savoir occulte du petit monde. Comme je l'ai enseigné à d'autres lilliputiens et l'enseignerai d'autres fois encore, car je t'ai déjà dit que nous vivons très vieux : la photo de Lucía date de la fin du siècle dernier mais elle a réussi à vivre jusqu'à mon époque. Et, pourtant, sur ce portrait elle devait déjà être une femme adulte : disons de trente ans. Souviens-toi qu'elle est debout sur une table ronde recouverte d'une nappe fine, de couleur sombre et avec un liseré d'or. Sur le mur du fond il y a une plinthe très large richement ouvragée. Il doit s'agir d'un endroit public, peut-être un salon de musique ou un théâtre. Je sais qu'on la montrait, comme une bizarrerie exquise, dans les spectacles de variétés. Lucía se tient très droite au milieu de la table, parfaite dans ses proportions, admirable, avec son corps si fin et si élégant engoncé dans une robe à la taille ajustée, un jabot autour du cou, sa jupe à volants ornée d'une frange de rideau qui dépare peut-être : elle a dû avoir de gros ennuis d'argent. Et puis, il y a sa tête si jolie, ses boucles sombres sur ses oreilles, ses joues fraîches et rondes… et ces yeux. Lucía Zárate a sur cette photo un regard vieilli et triste. Nous sommes tristes, les lilliputiens, je ne sais pas si tu l'as remarqué. Je m'imagine l'instant du portrait : il n'y a pas de chaises ni de tabourets près de la table, donc quelqu'un a forcément dû l'y monter dans ses bras. Peut-être son patron, celui qui l'exploitait dans les foires et les théâtres. Ou peut-être le photographe. Je suppose que le photographe a demandé à la naine de sourire, mis dans sa boîte, derrière son drap noir, que la naine sourie pour le portrait. Mais Lucía a posé avec une bouche amère et serrée, des yeux douloureux. Quand je l'ai connue, elle était déjà aveugle : je n'ai pas pu voir en elle ce regard de la photo, si trouble et désolé, si terrible.

“Lucía mesurait un demi-mètre. Juste un demi-mètre, de ses boucles noires jusqu'à la pointe de ses bottines en maroquin, de sorte que je la dépasse d'une bonne poignée de centimètres. Les spécialistes disent qu'elle a été l'être humain le plus petit de l'histoire. C'est peut-être le cas ou peut-être pas, parce que les registres de taille n'ont été systématiquement tenus qu'à partir du siècle dernier et, des époques qui précèdent, c'est tout juste si on connaît quelques rares lilliputiens célèbres. Comme Soplillo, qui a accompagné l'adolescence de Philippe II et qui, comme on le voit sur le tableau de Villandrando, était un garçon brun et au visage fin, délicat et beau. Mais il était beaucoup plus grand que Lucía, puisqu'il devait mesurer près de quatre-vingts centimètres. Je te rappelle que les lilliputiens ne sont pas de vulgaires nains : nous sommes des êtres minuscules mais en tous points parfaits. Et dans cette perfection, je te l'ai déjà dit auparavant, se trouve l'empreinte et l'héritage du paradis.

“Je connais la loi du petit monde. Et j'ai été éduquée dans les savoirs ancestraux, dans les connaissances occultes du Commencement. C'est pour ça que je sais qu'à l'origine des choses, avant qu'existent le temps et le déclin, toute la Terre était un Eden. Nos ancêtres, les créatures qui habitaient ce monde heureux, étaient des êtres doubles composés d'un énorme géant très robuste qui portait toujours, à cheval sur ses épaules, un nain beau et délicat. Les deux individus vivaient en symbiose parfaite et dans la plus complète communion des esprits : ils n'avaient même pas besoin de parler pour se comprendre et, pour cette raison même, le verbe n'existait pas. Le colosse apportait au couple sa résistance et son audace, l'intuition et la sensualité ; le lilliputien y contribuait par son intelligence, par l'imagination et la sensibilité. Ils étaient immortels et n'avaient pas de sexe. Je veux dire que le genre n'existait pas et qu'ils étaient tout à la fois géants et géantes, nains et naines. Je ne sais pas si nous sommes capables aujourd'hui d'imaginer ces êtres angéliques.

“Il y avait beaucoup, énormément, de ces créatures doubles au paradis, mais c’était à peine si elles se prêtaient attention les unes aux autres, parce qu’elles étaient absorbées par la beauté intérieure d’être des âmes sœurs. Elles étaient autosuffisantes : il leur suffisait de s’avoir l’un l’autre. Chaque lilliputien allait avec son colosse, à califourchon sur son cou robuste, jouissant tous deux d’une complète intimité. Ils ne se sentaient jamais seuls, ni mal interprétés, ni dédaignés, ni peu aimés. Ils se promenaient dans les jardins de l’Eden, en se délectant des panthères dociles aux griffes recourbées, des oiseaux multicolores et des ours paisibles. De soleils éblouissants qui ne donnaient pas de coups de chaleur et de pluies parfumées qui mouillaient à peine. De journées toujours agréables et de moments très doux.

“Je t’ai déjà dit que dans ce monde originel le temps n’existait pas : tout se passait indéfiniment dans le même soupir. C’est pourquoi, comme il n’y avait pas de matins ni de nuits, d’heures ni de minutes, la mémoire n’existait pas non plus. Nos ancêtres vivaient dans un présent continu dépourvu de souvenirs et de projets, et ils étaient donc heureux, d’un bonheur dont je ne crois pas non plus que nous puissions l’imaginer aujourd’hui, pur et sans limites. La félicité absolue des innocents.

“Mais il y avait un couple qui se sentait particulièrement uni. Peut-être que ce n’était pas vrai, peut-être qu’ils étaient aussi unis, ni plus ni moins, que le reste des créatures immortelles. Mais l’important est qu’ils le croyaient, surtout le nain, qui pensait à son géant et avec son géant, et qui se sentait comblé par cette relation si parfaite et si belle. Le nain aimait tant son autre moi, il était si heureux avec lui, qu’il a commencé à éprouver un étrange chagrin, l’ambition de ne pas oublier tous ces doux moments qu’ils passaient ensemble. Et il a essayé de toutes ses forces, le nain a essayé de graver dans sa tête les instants de bonheur et de s’en rappeler. Mais tout effort s’avérait inutile, car une fois vécue la vie s’efface. Jusqu’à ce qu’un jour le nain invente une stratégie : il a pris une écorce sèche et l’encre d’une baie, et il a peint la scène qu'il était en train de vivre avec le géant (ils étaient en train de se baigner et de prendre le soleil dans les vasques de la rivière) au dos de la peau de l'arbre.

"Le truc a fonctionné et cet instant s'est transformé en un petit souvenir qui s'est installé dans la tête du lilliputien. Le souvenir brûlait là-dedans, il brûlait et démangeait et palpitait à l'intérieur de son crâne, et à cette première mémoire s'en sont peu à peu ajoutées d'autres, des emplâtres de mémoire variés qui composaient peu à peu une boule informe. Plus ses souvenirs grandissaient, plus le nain se sentait troublé. Parce qu'il plongeait maintenant dans ces instants de félicité passés, et il les comparait les uns aux autres, et il lui semblait que le présent n'était plus aussi beau que ce qui avait été. Alors, il a commencé à éprouver une inquiétude nouvelle, comme s'il avait un oiseau dans la poitrine, un grand oiseau qui n'aurait pas assez de place pour ouvrir ses ailes. Cet oiseau sombre s'agitait sous ses côtes, laissant le nain hors d'haleine. Jusqu'à ce que finalement toute cette pression prenne corps et monte dans sa bouche, et c'était un désir : le nain désirait que le géant lui manifeste plus clairement sa tendresse.

"La brûlure du désir était totalement nouvelle pour le lilliputien, si bien qu'il a transporté le désir dans sa bouche pendant un certain temps, en le tournant et retournant et en le mordillant sans savoir quoi en faire. Et le désir libérait une saveur âcre et acide qui lui consumait la langue. Jusqu'à ce qu'enfin, plein de plaies et de douleurs, le nain lâche une larme, s'agrippe bien aux cheveux du géant et laisse sortir son désir, qui s'est écoulé entre ses lèvres dans un sifflement et lui a fait dire les premiers mots de la Terre : 'Je veux que tu me dises que tu m'aimes.'

"Alors les cieux se sont déchirés dans un fracas barbare, les oiseaux sont tombés morts sur le sol, les panthères ont égorgé les moutons. Les rivières se sont teintées de sang et l'horizon a été dévoré par la première nuit. Je veux dire que c'est ainsi que nous avons perdu le paradis et pas avec cette idiotie de la pomme : la parole nous a rendus malheureux et humains. À partir de ce moment-là, le temps a commencé à s'enfuir, et il n'y a plus eu de créatures doubles, mais de pauvres gens effrayés et solitaires comme toi et moi, des êtres incomplets, toujours à la recherche de l'âme sœur que nous avons perdue. Ainsi ont surgi les sexes, comme preuve de notre humanité, c'est-à-dire, de nos limitations. Comme stigmate de la mutilation de l'autre. Et c'est pour ça que, quand nous aimons, nous le faisons avec un tel désespoir, parce que jamais nous ne pourrons posséder ni comprendre l'être aimé comme les géants et les nains de l'Eden se possédaient et s'aimaient mutuellement. Nous ne sommes plus un tout, mais seulement une partie.

"Les gens ne se souviennent pas d'ordinaire de ce début des choses, de ce temps sans temps où nous étions unis et où nous étions heureux. Mais nous, les lilliputiens, pour notre martyre nous en conservons la mémoire, peut-être parce que nous sommes encore trop proches, génétiquement, de ce petit monde du paradis, ou parce que dans nos chairs est punie l'erreur du premier nain. Et c'est une punition cruelle, je te l'assure. Parce qu'il n'y a rien de plus déchirant que de se souvenir du bonheur et de le savoir perdu. C'est ce vide douloureux qui brûle dans les yeux tristes de Lucía Zárate. Tu te souviens de la photo ? Elle a l'air si seule debout sur cette table, regrettant sans espoir son géant. Parce qu'elle savait, tout comme je le sais, qu'il n'y a pas de marche arrière dans le malheur ni d'âme sœur qui puisse briser ce cercle de fer et ce cauchemar. Et qu'à présent nous n'allons plus à califourchon que sur notre propre mort."

Le bassin de la fontaine avait un rebord en béton, gris et râpeux et suffisamment large pour qu'il soit commode de s'asseoir dessus. C'était là que je m'installais pour accomplir les longues heures de mon attente, à contempler la ligne descendante de la rue et les gens qui passaient. J'en suis venue à connaître toutes les taches et les fissures des vieilles maisons des alentours, les écailles en forme de chien, de palmier, de moulin, et j'ai étudié la façon dont le soleil colorait peu à peu le trottoir dans son chemin à travers le ciel, comment il furetait en rentrant et en sortant par les portes d'entrée, comment il glissait dédaigneusement sur les murs sales et éclairait le poisson en fausse pierre que personne n'avait placé au centre du bassin et qui était définitivement cassé, fendu en deux et exhibant les fils de fer de ses entrailles.

Un jour, j'étais assise là après le déjeuner, à l'heure de la sieste, alors que le soleil était lourd et que le Quartier dormait. J'étais là toute seule, paresseuse. Rien ne bougeait en cette heure immobile, pas même les papiers froissés qui s'étaient amassés au bord du trottoir. À demi assoupie, éblouie de lumière, je l'ai vu apparaître là en bas, au bout de la rue vide. Il était tout entier d'une couleur bleutée et brumeuse car il se trouvait du côté de l'ombre, et le soleil, qui se plantait sur le pavé un mètre plus loin, était trop aveuglant. L'homme montait le trottoir d'un pas régulier, enveloppé par son obscurité et par un calme étrange. Dès le premier instant où je l'ai vu, même de très loin, j'ai su qu'il n'était pas du Quartier. Mon pouls ne s'est pas altéré, je n'ai pas respiré plus fort. Tout était écrit et ma tête n'abritait aucune anxiété, aucune pensée. En cet instant, je n'étais rien d'autre que des yeux qui regardaient, et mes poumons, mon cœur, mes reins, mon cerveau, mon foie, toutes les autres parties de mon corps n'étaient que le paisible support organique de ce regard fixe.

Il montait encore et encore et je commençais à entendre le martèlement de ses pieds dans le silence. Un homme grand, à présent je le voyais, grand et bleu, baigné d'ombre. Il en était déjà à la moitié de la rue et me regardait lui aussi. Il n'y avait personne d'autre au monde, sauf lui et moi. Je demeurais très immobile et l'homme avançait, avec ses pas qui retentissaient comme des battements de cœur, sa grandeur de plus en plus évidente en arrivant en haut de la côte. Il était tout proche mais restait encore du côté sombre de la rue, dans cette pénombre liquide des heures de sieste, et son visage et son corps étaient toujours un fragment de nuit. Un pas, encore un autre : il était sur la place. Deux enjambées encore et il a traversé les ténèbres comme une fusée et il est entré dans la partie ensoleillée. La lumière est tombée sur ses épaules comme une cascade et l'a peint de couleurs de bas en haut : des chaussures marron, un pantalon gris clair, un pull couleur cannelle. Un homme grand et mince, aux épaules larges, aux bras et aux jambes longues, aux os allongés. Et ses yeux : profonds et tranquilles, et toujours en train de me regarder.

Il est arrivé en face de moi et s'est arrêté. Il a changé de bras la veste grise qu'il portait à la main. Je restais assise sur le rebord de la fontaine et il me contemplait depuis tout là-haut. C'était à lui que Segundo ressemblait après avoir maigri, je m'en rendais compte à présent. Les mêmes pommettes marquées, et ce nez long qu'avait également eu doña Barbara. Mais ces traits qui chez Segundo paraissaient si lourds et démesurés, voire brutaux, étaient chez mon père fermes et fins. Il a plié sa taille et s'est penché vers moi. Ses yeux étaient bleus, et tellement doux.

– C'est toi, n'est-ce pas ? a-t-il murmuré tout bas. Tu dois être Baba.

Le soleil s'est éteint et s'est rallumé et l'univers a craqué dans ma tête avec un grand fracas, se remettant en place comme se remet en place, d'un coup douloureux, un os déboîté. J'ai vu des visages que je ne savais pas connaître, et un rire de dents blanches qui tintait à mon oreille. Des chambres lumineuses, un couvre-lit à fleurs, une main de femme qui me chatouillait. J'ai senti une odeur tiède et unique, l'odeur des baisers et du refuge. Je me suis souvenue pendant un instant que j'avais été heureuse et j'ai immédiatement reperdu ce souvenir. Je me serais mise à pleurer, inconsolable, mais je ne voulais pas que mon père me prenne pour une pleurnicharde. J'ai ravalé ma salive et j'ai dit :

– Oui.

– Et tu sais qui je suis ?

– Oui.

Il m'a regardée d'une façon que je ne sais dire, pendant un long moment. Puis il a tendu sa main droite et a délicatement touché, du bout de son index, la boule en verre qui pendait à mon cou. Il a ensuite monté sa main et a passé son doigt sur ma joue, dans un effleurement très doux. Il a légèrement souri.

– À présent il faut que j'y aille, a-t-il susurré.

– Je viens avec toi.

Il a fait non de la tête, aimable et tranquille. C'était une présence énorme sur moi, une ombre protectrice.

– Tu ne peux pas venir, j'ai des choses à faire, des choses très sérieuses.

– S'il te plaît.

Les larmes me sont montées aux yeux. Il m'a regardée en fronçant les sourcils, songeur, touchant distraitement la cicatrice qu'il avait sur le visage : une ligne blanche et un peu enfoncée, très fine, qui traversait sa pommette droite.

– Je vais te dire ce que nous allons faire : moi, je vais régler mes affaires maintenant, et toi, tu m'attends ici jusqu'à ce que je revienne.

J'ai un peu hoqueté.

– Regarde, je vais te donner quelque chose en attendant, a dit mon père avec une joie quelque peu forcée. Quelque chose de curieux…

Il a sorti son portefeuille et a fouillé dedans jusqu'à trouver une petite photo qu'il m'a tendue.

– Tiens. Tu peux la garder maintenant et tu me la rendras après… C'est une photo de ta grand-mère…

Je l'ai rangée dans la poche de ma jupe sans même la regarder et sans cesser de pleurer. Mon père a poussé un soupir et s'est redressé.

– Ne te mets pas dans cet état, Baba. Ce sera juste un moment.

– Reviens, lui ai-je demandé.

– Je te le promets.

Je l'ai vu faire le tour du bassin de son pas assuré, prendre la direction de notre rue et obliquer à l'angle. Avant de disparaître, il ne s'est pas retourné pour me regarder : je l'ai considéré comme un mauvais présage. Je me suis rongé les ongles d'une main en réfléchissant à la conduite la meilleure pour moi. Je me suis rongé les ongles de l'autre main en essayant de me convaincre que mon père reviendrait me chercher. Quand j'en ai eu fini avec le dernier doigt, je me suis levée et je l'ai suivi.

Notre rue était vide, mais j'ai supposé qu'il était rentré dans le club. J'ai discrètement poussé la porte, en ouvrant le battant le moins possible pour que l'éclat extérieur du soleil ne me trahisse pas. Je suis restée quelques instants dans le petit vestibule que formaient les tentures en velours élimé et sale et j'ai attendu que mes yeux s'habituent à la pénombre. De l'autre côté, on entendait des voix. J'ai ouvert les rideaux et je me suis glissée dans le club. Il était dans le noir, sauf les lumières générales de la scène, des projecteurs poussiéreux et blafards incrustés au plafond. Et sur la scène, sous cette lumière plate et anémiée, Segundo et mon père étaient en train de se disputer.

– Ce n'était pas moi, Maximo, ce n'était pas moi.

– Tu es un lâche.

– Je te dis que ce n'était pas moi. Pourquoi est-ce que tu ne me crois pas ? C'était un accident. Un court-circuit.

– Bien sûr. Et le deuxième incendie aussi. Tu es un lâche. Et tu es fou.

La voix de mon père était à peine plus qu'un murmure pénétrant. Segundo, au contraire, criait et agitait ses bras dans l'air. Il déambulait nerveusement sur la scène, mais sans perdre de vue le visage de son frère, qui le regardait appuyé contre le mur du fond. Mon père était pâle et sa cicatrice encore plus blanche, comme une ligne livide et fine qui traversait sa figure. La cicatrice de Segundo, en revanche, était enflée et brillante, rougie. C'était un rajout monstrueux sur son visage, comme s'il portait un être visqueux répugnant, un organisme marin informe collé sur sa joue.

– Qu'est-ce que tu veux me faire ? Pourquoi est-ce que tu es venu ? a crié Segundo avec un trémolo d'hystérie.

– Où est l'argent ?

– Quel argent ? Par tous les saints, Maximo, il a brûlé !

– Souviens-toi que je t'ai vu…

– Dans le deuxième incendie ! Il a brûlé dans le deuxième incendie !

Mon père a craché par terre.

– Tu me dégoûtes.

– Pourquoi est-ce que tu me traites comme ça ? Pourquoi est-ce que vous m'avez toujours traité comme ça ? Ce n'est pas juste. Et vous ne me connaissez pas. Tu ne me connais pas.

Segundo a tendu ses mains devant lui et a baissé la voix :

– J'ai tué. Moi, j'ai tué. Vous devriez me respecter davantage. Et me craindre davantage. Je suis un homme dangereux.

– Tu l'as tuée, elle. Je le sais. C'est l'une des raisons pour lesquelles je suis venu, a murmuré mon père d'une voix glacée qui m'a paru désagréable.

– Non ! Non, non, non, a de nouveau hurlé Segundo. C'était un accident. Un court-circuit. Dieu du ciel, Maximo, tu ne m'as jamais laissé vivre, pourquoi est-ce que tu me persécutes ?

Une petite main a saisi mon bras et une voix furibonde a éclaté à côté de moi :

– Par tous les diables, qu'est-ce que tu fais ici ?

C'était Airelai, une Airelai étrange aux yeux étincelants.

– Je… Mon père… C'est mon père, Airelai…

– Je le sais, idiote ! a rugi la Naine.

J'ai regardé vers la scène : Segundo se tordait les mains et mon père me regardait avec une expression acerbe.

– Va-t'en, m'a-t-il dit de cette voix glacée si terrible.

Je me suis mise à pleurer.

– Pardon... Je ne voulais pas...

– Va-t'en, Baba, a de nouveau dit mon père, plus doux maintenant. Ne t'inquiète pas. Ce n'est rien. Va au bassin et ne bouge pas de là, dans un moment j'irai te chercher.

Airelai m'a légèrement poussée vers la porte.

– Il est fâché contre moi, ai-je dit, affligée.

– Il n'est pas fâché. Je sais que non. Tu verras. Va au bassin et attends-nous, m'a consolée la Naine.

Avant que je puisse m'en rendre compte, je me suis retrouvée en train de cligner des yeux dans la rue, éblouie, la porte du club fermée dans mon dos. J'ai marché en traînant les pieds jusqu'à la placette, angoissée par ma propre maladresse. À la fontaine, il y avait des enfants qui noyaient un lézard. Je me suis assise sur son rebord en béton, au même endroit où j'étais avant, sauf que je regardais maintenant de l'autre côté, vers l'angle où mon père devait apparaître. La surface rugueuse du ciment griffait mes cuisses et l'après-midi pesait sur ma tête. Et c'est ainsi que les heures ont commencé à passer lentement.

Plus tard, bien longtemps après que mon père fut mort et que tout se fut terminé, alors que Chico et moi étions ensemble et seuls dans notre nouvelle maison un jour que l'hiver se pressait derrière les vitres, le garçon m'a raconté ce qu'il s'était passé au club cet après-midi-là. Et voici ce qu'il m'a dit :

"J'étais là : j'ai entendu les cris depuis la maison et je suis descendu. J'ai été là tout le temps : je t'ai même vue toi, et j'ai vu comment ils te faisaient sortir. J'étais caché dans l'escalier intérieur, derrière le rideau. Tu aurais dû faire pareil : tu as été très maladroite de rester là au milieu comme une idiote. Tu sais que, en regardant par la fente, entre les rideaux, on peut voir parfaitement la scène. Un peu en biais, mais très près.

"Quand tu es partie, la Naine a dit : 'Moi, je sais où est l'argent.' En entendant ça, Segundo s'est mis à crier : 'Quel argent, quel argent ?' Mais Airelai ne l'a même pas regardé : 'Il est dans les loges, dans une valise bleue, à l'intérieur d'un double fond qu'il y a dans le placard', a-t-elle dit très tranquille. 'Tu en es sûre ?' a demandé Maximo. 'Je viens de passer le vérifier.' Alors Maximo s'est approché de son frère et l'a attrapé par les revers : 'Et maintenant quelle histoire tu vas essayer de me raconter, maintenant qu'est-ce que tu dis...' Mais il s'est subitement tu parce que Segundo lui avait mis la pointe d'un énorme couteau sur la gorge, je ne sais pas d'où il l'avait sorti mais il était là, un couteau très grand comme ceux que ma mère utilise pour découper la viande. Et il avait appuyé la pointe sur le cou de Maximo et il riait : 'Ce que je dis maintenant ? Eh bien maintenant je dis que là c'est autre chose, hein ? Maintenant tu me respectes davantage, n'est-ce pas ?' Maximo n'a pas bougé, il n'a rien dit, il était immobile et raide. 'Il suffit d'appuyer un peu, juste un peu, et adieu mon pauvre Maximo…' disait Segundo, et il a lâché un éclat de rire qui rendait un son très laid. 'Mais j'ai une meilleure idée : maintenant nous allons tous aller tout doucement vers cette armoire du fond, et tu vas te mettre dans cette armoire avec ta naine, et je vais vous y enfermer et je partirai avec mon argent.' 'Et tu mettras le feu au local avant de t'en aller, comme la dernière fois', a dit Maximo d'une voix tranquille. 'Quelle bonne idée ! Je vais y penser…' a répondu Segundo.

"Alors la Naine a commencé à bouger. Elle a fait un pas en avant et puis un autre. Segundo l'a regardée avec stupéfaction puis il a agité le couteau près du cou de Maximo. 'Pas un geste ! Si tu fais encore un pas, je le tue.' Mais Airelai a dit : 'Non, tu ne vas pas le faire', et elle a continué d'avancer. 'Je le tue ! Je vais le tuer ! Je vais l'égorger !' hurlait Segundo. Mais la Naine est arrivée à côté d'eux, et elle a approché une caisse et elle est montée dessus, pendant que Segundo la regardait avec des yeux comme des soucoupes mais sans rien faire. Alors Airelai s'est dressée sur la pointe des pieds, a tendu sa main, a mis un doigt sur la pointe du couteau et a poussé. Et la lame s'est dérobée, parce que c'était l'un des faux poignards du numéro de magie.

"Segundo est devenu très blanc et a laissé tomber le couteau. Maximo s'est retourné vers lui avec un calme total et a pris quelque chose dans la poche arrière de son pantalon. La chose a fait un petit bruit et alors j'ai vu que c'était un couteau à cran d'arrêt et qu'il venait d'en sortir la lame. Et celle-là était bien pour de vrai, une lame fine et dangereuse qui faisait peur. Segundo a regardé Maximo et Maximo a regardé Segundo, avec ce poignard qui brillait entre les deux. Mais Maximo ne se décidait pas. Les secondes passaient et tout demeurait pareil. 'Finis-en une fois pour toutes, a dit la Naine. Segundo n'aurait pas autant hésité, il avait le pistolet de doña Barbara et il t'attendait pour te tuer, mais quand je t'ai vu arriver, je lui ai volé l'arme.' Et la Naine a alors sorti de sa poche le petit pistolet argenté de grand-mère. Mais Maximo ne se décidait toujours pas. 'Si tu ne me tues pas maintenant, a dit Segundo d'une voix très rauque, si tu ne me tues pas maintenant, j'en finirai avec toi un jour.' Et cela m'a plu qu'il soit capable de dire ça. Maximo a baissé la main, il a refermé son poignard et l'a de nouveau rangé dans la poche de son pantalon. 'Allons-nous-en', a-t-il dit à la Naine. Segundo est tombé à genoux, il a couvert son visage de ses mains et il s'est mis à pleurer. La Naine s'est approchée de lui et lui a touché l'épaule. 'Segundo', a-t-elle appelé. Segundo était tout recroquevillé, les coudes appuyés par terre, en train de pleurer très fort. 'Segundo', a insisté Airelai. Il a levé son visage mouillé et ses yeux se sont retrouvés à la même hauteur que ceux de la Naine. Alors, la Naine a tendu le bras, elle a appuyé le pistolet de grand-mère sur le front de Segundo et lui a fait exploser la tête. Tout a été très rapide.

"Les deux sont aussitôt allés dans les loges pour prendre l'argent et je suppose que c'est à ce moment-là que Maximo t'a laissé cette poignée de billets dans une enveloppe à ton nom. Je les ai vus réapparaître dans le club, avec la valise maintenant, et traverser la salle et sortir dans la rue. J'aurais pu les suivre, mais je me sentais trop effrayé. Non, ce n'était pas ça, ce n'était pas de la peur, c'était comme si je n'avais pas la force, comme si mes jambes n'étaient pas mes jambes, et il y avait aussi le dégoût, tu me comprends, je ne pouvais pas sortir de derrière le rideau et me mettre au milieu de tout ce sang, si je restais derrière le rideau c'était comme si ce sang n'était pas pour de vrai, comme si c'était un film. Alors je n'ai pas bougé de là, je suis resté immobile pendant très longtemps, je ne sais pas combien de temps, jusqu'à ce que ma mère arrive et se mette à crier comme une folle.

"Plus tard, en entendant les uns et les autres, j'ai appris que Maximo et la Naine étaient allés directement à l'aéroport et avaient pris un avion gros et lourd qui allait au Canada. C'est cet avion qui a explosé cette nuit-là juste après le décollage, avec cent soixante-treize personnes à l'intérieur. C'est clair que c'est à cause de la valise, c'est-à-dire de la bombe que contenait la valise. Pourquoi est-ce qu'elle a explosé à ce moment-là, on ne sait pas. Mais l'avion a explosé alors qu'il était encore en train de prendre de l'altitude et c'est pour ça qu'on l'a parfaitement vu dans tout le Quartier, une boule de feu qui les a tous carbonisés, c'est pour ça que le Quartier sentait si mauvais, la viande brûlée, les jours suivants. Je n'ai pas vu la déflagration parce que j'étais encore derrière mon rideau, mais on m'a dit que le ciel est devenu tout rouge à cause de l'explosion et que ça a été un spectacle affreux.

"La tête de Segundo aussi a explosé, et ça je l'ai bien vu. Ça a été quelque chose de bizarre, parce que sur le devant, qui était là où la Naine avait tiré, elle ne s'est pas brisée. Mais sur l'arrière, elle est partie en éclats. Des morceaux de tête et de sang et de choses. Ce que nous avons à l'intérieur. Ça a taché la scène et les murs. C'est pour ça que je ne pouvais pas sortir de ma cachette. Parce que tout était plein de lui, de partout. Je sais que c'était mon père, mais ça m'était égal qu'ils le tuent. C'est juste qu'après qu'ils lui avaient tiré dessus, tout me dégoûtait. Et je me sentais sale. Maintenant je vais mieux et je suis content que Segundo ne vive plus avec nous. De toute façon, ça m'a plu qu'il dise ça à Maximo : si tu ne me tues pas maintenant, c'est moi qui te tuerai. Il avait peur mais il ne s'est pas écrasé. Et ça, ça m'a plu parce que c'était mon père, et moi je ne lui ressemble pas du tout, mais on ne sait jamais."

Le soleil a sombré derrière les toitures des maisons, le ciel est devenu blanc puis gris, la nuit est venue à pas silencieux et le lampadaire de la fontaine s'est allumé, et je continuais d'attendre mon père près du bassin. De là où j'étais, on ne voyait que le début de notre rue. Je mourais d'envie d'aller au moins jusqu'à la porte du club et d'attendre là qu'il sorte, mais je n'osais pas lui désobéir encore une fois. Mon père ne m'aimerait pas, si je le faisais. Je me souvenais encore de son regard quelques heures auparavant, quand il m'avait dit de m'en aller : ses yeux durs et furieux. J'avais tellement rêvé de sa venue, j'avais tellement désiré ce moment, et maintenant je me sentais troublée et confuse, angoissée par ma maladresse, à craindre de l'avoir déçu. J'ai fermé mes paupières parce que le lampadaire tournoyait. Avec toute cette agitation, je n'avais pas mangé, et c'était peut-être ça. Mais je n'avais pas faim. Juste un vide dans l'estomac et la poitrine, un vide aussi grand qu'une nuit sombre.

J'ai rouvert les yeux et le lampadaire se tenait tranquille. Heureusement. Des garçons ont traversé la place et m'ont regardée. C'étaient ceux de la bande du Bottines et c'était déjà la troisième fois qu'ils passaient cet après-midi. Ils n'étaient pas des plus méchants, mais ils n'étaient pas non plus des gentils. Mais maintenant ils ne m'effrayaient pas le moins du monde, parce que rien ne pouvait être pire pour moi que le fait que mon père ne m'aime pas, et cette crainte insupportable me comprimait le cœur et m'inondait la tête, sans me laisser de place pour aucune autre peur. Je leur ai donc renvoyé leur regard, dédaigneuse, et ils sont partis dans la rue Large en donnant des coups de pied dans une boîte de conserve.

Quelque chose de doux et de tiède s'est frotté contre mes jambes. C'était un chat, non, une chatte, peut-être l'un des animaux de ma grand-mère. Les félins s'étaient dispersés après l'incendie et nous ne les avions plus revus. Mais cette petite chatte affectueuse me semblait connue : je lui ai gratté le menton, j'ai relevé sa tête. Ces oreilles triangulaires à la pointe peinte en blanc, ces rayures de gris doux et blanc sur l'échine... Elle était très mince, presque squelettique, mais c'était certainement Lucy Annabel Plympton.

– Ma chère Lucy, cela faisait si longtemps que je ne te voyais plus... ai-je dit à haute voix en grattant son ventre maigrelet. Et puis j'ai ajouté, parce que doña Barbara voulait toujours qu'on répète les noms entiers : Lucy Annabel Plympton.

La chatte a ronronné, enchantée. Je me rappelais parfaitement l'après-midi où nous avions vu son nom dans le cimetière. C'était sur une pierre très vieille, fendue en son milieu et avec de la moisissure dans les fissures. "*Lucy Annabel Plympton, 1882-1900*, disait l'inscription de la pierre. *Amoureuse des arbres et du vent et de l'eau, des oiseaux et des fleurs et des bêtes aimables.*" Cette chatte, qui s'étirait maintenant et roulait d'un air joueur sur le sol, était une bête aimable. De sorte que Lucy avait plus ou moins dix-huit ans lorsqu'elle était morte. Qu'est-ce que c'était, la mort ? Je savais ce que c'était la mort. J'avais vu le Bagnole et grand-mère. C'était ne pas voir, ne pas sentir, ne pas toucher, ne pas être là. C'était disparaître à tout jamais. Un vertige, une peur plus grande que celle des escaliers les plus sombres, ou celle de traverser le club au milieu des ténèbres. Mais cela n'arrivait qu'aux autres. Je ne pouvais pas mourir : j'étais une petite fille. La chatte a léché l'une de mes chevilles, a miaulé un peu puis est partie en courant.

Alors je me suis souvenue, je ne sais pourquoi, de la photo que mon père m'avait donnée. Comment est-ce que j'avais pu l'oublier pendant tout ce temps ? Ma main tremblait d'excitation quand je l'ai sortie de la poche de ma jupe. C'était un carton dur et jaunâtre, pas comme les photos modernes, et il avait une couleur pâle et brune, comme celle de la naine Lucía Zárate.

J'ai regardé l'image avec attention à la lumière du lampadaire. C'était une enfant plus ou moins de mon âge, avec des cheveux bouclés et décoiffés, agités par le vent. Est-ce que mon père ne m'avait pas dit que c'était une photo de ma grand-mère ? Mais elle ne ressemblait pas à doña Barbara. La petite fille était mince et forte. Elle portait une sorte de combinaison en coton avec des dentelles qui lui arrivaient à mi-jambe et qui flottaient aussi dans l'air, et des chaussettes, juste des chaussettes, pas des chaussures, toutes tire-bouchonnées sur ses chevilles et peut-être mouillées. Le bas de sa combinaison paraissait également trempé : l'étoffe collait à sa jambe droite. La fille était debout sur le sable fin d'une plage vide et, derrière elle, on voyait la ligne plus sombre d'une mer écumante. L'enfant regardait droit devant elle et souriait, joyeuse et fière, enveloppée par cette brise humide qui devait sentir l'été et les poissons : les sourcils hauts, les yeux plissés, le menton rond. Une main de glace m'a serré l'estomac : elle ne ressemblait pas à doña Barbara, mais à moi. La fille portait au cou une boule en verre. Ma boule en verre, celle que grand-mère m'avait offerte, avec le même et minuscule esprit trouble congelé à l'intérieur du cristal. J'ai porté ma main à ma poitrine et j'ai doucement touché la sphère : elle restait froide, comme toujours. La fille portait la chaîne de la boule comme moi, avec un double tour : elle devait être trop grande pour elle aussi. Derrière elle, la mer brillait en reflétant un soleil qui n'était pas sur la photo. Il y avait une dédicace dans un coin, écrite avec une encre qui avait un peu coulé et une écriture enfantine et ronde : "Pour mon cher papa de sa petite Baba."

J'ai mis la photo dans ma poche et je l'ai poussée avec force vers le bas, contre la toile du fond, jusqu'à ce que le vieux carton craque sous mes doigts. J'étais tout à coup irritée par cette fille, ce portrait que mon père avait gardé dans son portefeuille, ce vent, cette mer, cette dédicace stupide. J'ai de nouveau sorti la photo : elle s'était gondolée et des fissures étaient apparues au verso. Je me suis penchée sur le bassin : quelques centimètres d'eau noire, de canettes de bière ratatinées, des éclats de verre, des plastiques flottants, une botte d'enfant échouée au milieu du bac sur un amas de chiffons sales. J'ai ouvert mes doigts et j'ai laissé tomber le portrait. Il est resté à la surface, avec la partie gondolée vers le haut. J'ai un peu battu l'eau avec mes mains, créant un léger courant qui a emporté la photo vers le centre du bassin, comme un petit bateau. Là, il a commencé à gîter peu à peu : le carton devait être en train de s'imbiber. Le bateau sombrait dans le sillage de lumière que le lampadaire peignait sur l'eau croupie, tout comme le soleil peignait des chemins étincelants sur les mers vives. J'ai pensé à mon père, s'il serait contrarié par ce que j'avais fait de ce portrait. Mais il me l'avait donné. J'ai regardé vers notre rue et elle était sombre, sans personne qui apparaisse à son angle. J'ai regardé vers la photographie et elle n'était plus là. J'ai poussé un soupir et j'ai séché mes mains sur ma jupe. J'ai continué à attendre.

J'étais assise sur ce rebord dur depuis un temps incalculable et j'avais mal au dos. Je me suis levée et j'ai marché un peu. Presque sans m'en rendre compte, je me suis retrouvée à l'angle de notre rue. De là on voyait, là-bas au fond, la porte du club, qui était bien fermée. Ma propre témérité m'a fait peur : je ne voulais pas que mon père me découvre en train de l'espionner à nouveau et j'ai reculé de quelques pas en toute hâte. Je suis restée debout au milieu du rond-point irrégulier, loin de l'angle de la rue et du bassin, dans un endroit désert où parvenait à peine la lumière du lampadaire. Mon visage était brûlant là où mon père m'avait caressée de son doigt, comme si j'avais la joue tailladée, la peau blessée. Sur ma tête, il y avait un ciel rond et liquide, un placide lac d'air noir qui scintillait d'étoiles. Elles crépitaient en silence au-dessus de moi, de beaux feux froids, et j'étais le centre de toute cette profusion d'énergie. La Terre sombre et tiède, endormie sous mes pieds, me soutenait.

Alors c'est arrivé, alors le prodige a eu lieu. J'ai entendu une détonation dans mon dos et le ciel a rougi. Je me suis retournée et elle était là, dans un coin de la nuit, sur les immeubles, tonnante et éclatante comme pour prévenir de son arrivée, allumée de couleurs, une masse flamboyante et puissante, encore plus belle et plus impressionnante que sur la photo de la malle : c'était l'Étoile de la Naine.

Je l'ai tout de suite reconnue, j'ai su que c'était elle, ce ne pouvait être une autre, l'Étoile magique de la Vie heureuse, une boule de feu aveuglante qui dévorait toute l'obscurité. L'Étoile a de nouveau tonné et a tout à coup éclaté en mille morceaux, mille étoiles mineures, des flammèches. J'assistais émerveillée à cette pluie d'or et j'ai vu ces larmes de feu tomber les unes après les autres et s'éteindre dans les ombres. Finalement le ciel s'est vidé, l'air s'est calmé, la nuit s'est de nouveau endormie dans sa noirceur. Je suis restée tremblante au milieu de la place, qui semblait maintenant tellement terne et tellement laide après le prodige. Les voisins parlaient avec une grande excitation, penchés aux portes et aux fenêtres, sans savoir que ce qui avait eu lieu était pour moi et que ce qu'ils avaient vu était mon Étoile, qu'elle était venue depuis les lointains cieux sidéraux pour me démontrer que la vie est douce et que les souhaits se réalisent toujours. Quelqu'un a arrosé des pots de géraniums, un voile de gouttes est tombé par terre, ça a senti l'odeur verte et vivace des plantes. Là-haut, dans la nuit tout juste éteinte, une demi-lune légère et paresseuse naviguait sur une petite mer de nuages. Tant de vie devant moi, et tout à moi. Et c'est ainsi, sereine enfin, que je suis retournée vers l'âpre rebord du bassin et que je m'y suis assise pour attendre que mon père revienne.

Cet ouvrage a été composé par
FACOMPO
à Lisieux (Calvados)

Impression réalisée par
CPI Firmin Didot
à Mesnil-sur-l'Estrée
en mars 2011

Nº d'édition : 2223001 – Nº d'impression : 103852
Dépôt légal : avril 2011

Imprimé en France